KB246155

웃어라 인생아

웃어라 인생아

강영권 검사의
유쾌한 雜說

비전코리아

검사가 된 후에도 한동안, 사법시험 채점이 잘못돼 합격한 거라며 그동안 받은 검사 월급을 모두 국가에 배상하고 물러나라는 꿈을 꿨습니다. 꿈에서 깨면, 등에 땀이 흥건했지요. 담배 끊은 지 6년, 지금도 간혹 꿈속에서 담배를 피우고, '아! 담배를 다시 피우고 말았구나.' 하고 자탄하다가 잠을 깹니다.

꿈인지 생시인지 잘 모르던 사람이 책이라는 또 다른 꿈의 세계로 들어가려고 합니다.

처음 중국 장강삼협을 여행한 후 다녀온 소감을 글로 써

검찰 내부 통신망에 올리겠다고 했을 때, 아내는 글로 얻는 것도 있겠지만 잃는 것도 많을 거라고 했습니다. 저는 당연히 그게 무슨 소리냐고 했지요. 아내는 검사라는 사람이 수사와 공소의 제기 등 본업에서 벗어날 때는 본업에 충실한 사람들로부터 비판받을 거라고 하대요.

틀 속에 갇혀, 틀에서 1센티미터만 벗어나도 엄혹한 비판이 따르는 검사 세계에서 제멋에 겨워 사는 저를 다른 곳에 한눈을 파는 검사로 보는 사람들도 분명히 있었습니다.

그런데 묘했습니다. 글은 전날 마신 술이 덜 깬 상태로 제 기분 내키는 대로 초고를 썼을 때, 가장 흡족한 글이더군요. 그리고 그런 글들이 정말 힘이 셌습니다. 〈법률신문〉과 〈매일경제신문〉에 칼럼을 쓸 때는 생면부지의 사람들로부터 잘 읽었다는 전화를 받기도 했습니다. 조선일보에 독자칼럼을 한 편 썼을 때는 왜 보험 피해자의 입장에서 글을 쓰지 않느냐고 날카롭게 비판하는 전화를 받기도 했습니다.

기존에 굳어진 검사의 이미지와 다른 사람이라고 생각했는지 검사의 세계를 인터뷰하러 왔던 방송작가분들과도 친해져 지금도 막걸리 잔을 나누고 있습니다. 석궁테러사건을 타산지석으로 삼아야 한다고 검사들에게 주는 충고의 글이 신문에 보도되어 하루 종일 곤욕을 치르고, 인터넷에 제가 어떤 사람인지 낱낱이 까발려지기도 하대요.

무서운 세상입니다. 그렇지만 처음 시작할 때도 그랬고, 지금도 그렇지만 글을 써서 공개한 것을 후회하지 않습니다. 왜냐하면 임제 의현스님의 상당법문에 있듯이 그 어디에 자리하든 그 자리에서 주인이 된다면 서 있는 그 자리가 참되다는 말씀을 금과옥조로 여기기 때문입니다.

제가 쓴 글을 모아 책을 출판할 생각은 하지 않았습니다. 그런데 다큐멘터리 작가이신 홍하상님이 쓴 《이건희》라는 책을 읽고 〈경청(傾聽)과 목계(木鷄)〉라는 제목으로 글을 써, 검사 게시판에 올린 적이 있습니다. 검사의 가장 중요한 덕목의 하나가 경청이고, 검사가 한 경지에 이르게 되면《장자》에 나오는 목계와 같아진다는 취지의 글이었습니다. 그런데 인터넷을 통해 그 글을 읽으신 홍하상님께서 생면부지인 제게 연락을 하여 대작을 했습니다. 제가 쓴 글을 읽어봤다면서 책으로 내보라고 권했습니다.

그 결과물로 전혀 경험해 보지 않은 새로운 꿈의 세계로 발을 내딛습니다. 사연 없는 글이 어디 있겠습니까! 책의 서문을 쓰고 있으니 글 때문에 얽히고설킨 수많은 사람들이 주마등처럼 스쳐갑니다. 그중에서도 제 글의 첫 독자이며 독한 비평가인 아내의 얼굴이 가장 먼저 떠오른 까닭은 그녀의 날카로운 눈매 때문일까요?

2007년 6월 20일

검사 강영권

3_緣 연

83

"세월은 가네, 붉은 증기선의 뱃전이 지나가듯."

4_遊 유

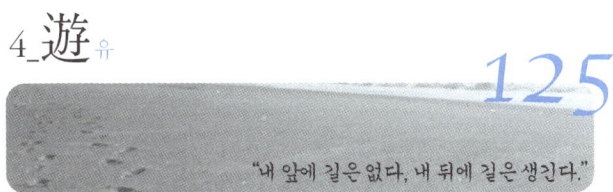

125

"내 앞에 길은 없다, 내 뒤에 길은 생긴다."

5_感動 감동

193

"자니타와 찬찬이 해변을 거닐 때 두 사람의 가슴은 두근거렸죠."

省察 성찰

"물나니.

그대 평생 염전이

무엇이뇨?"

해발고도 0미터로 내려와

휴가가 시작되자마자 그렁그렁 눈물을 담고 반짝이는 별들을 올려다보면서 노고단 성삼재를 출발해 지리산 천왕봉을 거쳐 중산리로 내려왔다.

그리고 내 고향 개도 숫돌기미라는 섬마을로 갔다. 포구 선창에 배를 대는 순간, 한여름 무더위에 지쳐 텅 빈 마을 풍경이 낯설었다. 아마 어릴 적, 이 시간이면 땡볕에 익은 아이들이 선창에 달라붙어 있거나 자맥질을 하곤 했는데, 그 모습이 사라졌기 때문이리라. 시골 어디나 마찬가지겠지만 섬은 더욱 쓸쓸해지고 있었다. 마을은 졸고, 요란하게 참매미 소리만 귓전을 때렸다.

멸치막에서 멸치를 삶으며 소주잔을 기울이고 있던, 고향에 유일하게 남은 친구가 화강암처럼 거칠고 큰 손을 내밀며 환히 웃었다. 그의 여유 있는 표정에 주눅 들었다.

바삐 가는 도회지 사람의 시간이 질주를 멈췄기 때문인지 점심을 먹고, 낮잠을 자고 나서도, 그 바퀴를 제대로 굴리지 않았다.

천천히 먹물 같은 어둠이 내려앉았다. 여름 밤, 푸른 하늘에 은성하게 빛나던, 수많은 별들이 이제는 몇 개만 보일 뿐이고 풀벌레 소리만 여름 산같이 무성했다.

밀물에 그 높이를 한껏 낮춘 선창으로 내려갔다. 탐조등처럼 하늘로 치솟아 오르는 백야도의 등댓불은, 바다가 죽어가기에 항구의 불빛이 하나둘 꺼져가는 쓸쓸한 여수항으로 길 안내를 하고 있었다. 바다가 선창 바위틈을 짤랑거리며 핥는 소리 외에 주위는 적막했다.

문득 가장 높은 곳 지리산 천왕봉에서 모두가 내 발아래 있다고 오연히 내려다보다가, 이제는 가장 낮은 곳 해발고도

0미터의 선창으로 내려왔다는 생각이 들었다. 끝없이, 일망무제의 높은 산으로 걸어서 올라갔는데, 다시 터벅터벅 걸어서 밑바닥 바다까지 내려온 것이다. 뜻으로 새기면 세상살이가 다 이런 것이리라.

바다 또한 어찌 곱기만 바라랴! 바다 고운 것은 뒤탈이 있고, 불길하니 해발고도 가장 낮은 곳, 선창가 바위틈에 철썩이는 파도가 들려주는 해조음과 소금기 섞인 바람 속에 있는 것이 더 좋다.

그러기에 난 말문이 닫히고, 갯내음 물씬 풍기는 궁벽한 고향으로 돌아오길 항상 꿈꾸고 있다. 왜냐하면 옛 시처럼, 이 세상에 내 마음 알아주는 이 있다면 하늘 끝이라도 이웃이 있으리라〔海內存知己 天涯若比隣〕고 믿기 때문이다.

오늘을 사랑하라.
오늘에 정성을 쏟아라.
오늘 만나는 사람을 따뜻하게 대하라.

만날 기약이 없는, 절친한 사람과 헤어지는 것이 점점 어려워진다.
토마스 칼라일의 시 〈오늘을 사랑하라〉의 한 구절이다.

두부장수 딸 이야기

백은선사(白隱禪師)는 일본 선불교 임제종을 중흥시킨 분이다. 백은선사가 송음사에 머물고 있을 때 사하촌(寺下村) 두부장수 집 딸이 이웃 사내와 정을 통해 아기를 갖게 됐다. 그 사실을 알게 된 부모는 크게 화를 내면서 딸을 추궁했다. 딸은 사실대로 말하는 것이 겁이 나 백은선사의 아이라고 부모를 속였다. 부모는 스님을 찾아가 따져물었다. 그러자 백은선사는 이렇게 대답했다.

"아, 그렇습니까?"

그로부터 몇 달 뒤 두부장수의 딸은 사내아이를 낳았다. 부모는 아기를 안고 스님에게 찾아가 "당신 자식이니 당신이 키우시오!"라고 소리쳤다. 존경받던 스님은 세상의 비난을 받으며 아기를 안고 집집을 찾아다니며 젖을 얻어 먹여 키웠다.

1년 후 죄책감으로 견딜 수 없었던 딸이 부모에게 사실을 밝혔다. 사실을 알게 된 딸의 부모는 어쩔 줄을 몰랐다. 딸의 허물이 문제가 아니라 존경받던 큰 스님을 파계승으로 전락시키고 아기까지 키우게 했기 때문이었다. 그들은 백은선사를 찾아가 자초지종을 설명하고 사죄하며 아기를 돌려달라고 청했다. 모든 이야기를 묵묵히 듣고만 있던 백은스님은 또 이렇게 말했다.

"아, 그렇습니까?"

그리고 아기를 그들 품으로 넘겨주었다.

보통 사람이라면 이런 상황에서 어떻게 했을까? 말도 안 되는 소리라고 완강히 부인하고 분해서 잠도 못 자며 씩씩거리다 명예훼손으로 고소를 할지도 모른다. 속진(俗塵)을 뒤집어쓰고 사는 사람에게 당연한 반응 아니겠는가!

그러나 백은선사는 그렇게 하지 않았다. 그의 마음에는

'나'가 없었다. 그야말로 아상(我相)이 없는 것이리라. '나'의 명예와 불명예, '나'의 수고로움, 상대방에 대한 원망이나 괘씸함 따위는 조금도 없었다.

그의 행동을 보고 나는 《금강경》 사구게(四句偈) 중 하나인 "무릇 있는 바 모든 현상은 허망하나니, 만약 여러 현상들이 상이 아님을 보게 되면 즉시 여래를 보게 되리라.〔凡所有相 皆示虛妄 若見諸相非相 即見如來〕"라는 구절이 머릿속을 스쳐 갔다.

살다 보면 억울하고 분한 일, 슬프고 참을 수 없는 일이 얼마나 많은가? 매일 매일 그런 일을 겪고 사는 사람으로서 분함과 억울함 때문에 번뇌는 끝이 없다. 그런 번뇌에 "아, 그렇습니까?"라고 말할 수 있는 백은선사의 경지는 범인은 도달할 수 없는 것인가?

"아, 그렇습니까?"라는 말이 화두처럼 뇌리에 박혀 있던 차에 최근 혁신 교육의 일환으로 현대인재개발원이라는 곳에서 1박 2일간 교육을 받고 왔다. 말 잘하는 강사들의 질편한 강연을 들으면서 술자리에서, 잠자리에서 나 자신을 뒤돌아보게 된 좋은 기회였다.

교육을 마친 후, 교대역에서 지하철을 타고 돌아오면서 집에서 가지고 갔던 《이태백이 없으니 누구에게 술을 판다?》라는 책을 읽었다. 그중 송나라의 대 시인 소동파[蘇軾]의 한 편의 시가 마음을 울렸다.

마음은 다 타버린 나무토막이요

몸은 매어놓지 않은 배

묻나니 그대 평생 업적이 무엇이뇨?

황주 혜주 담주

心似已灰之木 身如不繫之舟 問汝平生功業 黃州惠州儋州

이 시는 소동파가 정쟁에 휘말려 말년에 황주, 혜주, 담주에서 오랜 유배생활을 하다가 66세가 되어서야 비로소 방면되어 집으로 돌아가던 중 금산이라는 곳을 지나면서 이용면이라는 사람이 그려준 자신의 초상화에 써넣은 글이다. 그리고 이 시를 쓴 1개월 후 소동파는 죽었다.

마지막 시 구절을 보면 특이하게도 지명을 나열하는 식으로 심경을 노래하고 있는데, 시구에 얽매이면 도대체 무슨 시가 이럴까 싶어지기도 한다. 그러나 이 시를 지은 배경을 이해하면 지명만을 나열한 마지막 구절에서 슬픔마저 느끼게 된다. 즉 인생 말년에 귀양살이하던 곳인 황주, 혜주, 담주를 나열하는 식으로 표현하여 언외(言外)로서, 지치고 의지할 곳 없는 노인의 심경과 과거를 회고하다 느껴지는 회한을 내비친 것이 아니겠는가. 마음은 다 타버린 나무토막이고, 몸은 걸릴 것이 없는 배라고 하는 그 표현은 "아, 그렇습니까?"라고 했던 백은선사의 경지와 같다는 생각을 하게 된다.

선미(禪味)가 있다는 느낌은 나만의 생각일까?

승패란 병가의 상사라 아직 기약할 수 없는 것
수모를 참고 견뎌야 진정한 남아이리
강동의 자제가 재주 많고 씩씩하니
권토중래 아직 알 수 없도다.

勝敗兵家事不期 包羞忍恥是男兒 江東子弟多才俊 捲土重來未可知

두목(杜牧)의 〈오강정(烏江亭)〉 중 한 구절이다. 사람들은 오강에서 분사한 초 패왕의 의기
를 칭송하지만, 수모를 참기란 더욱 더 어려운 것이다. 두목은 그러한 뜻에서 이런 노래를
불렀으리라.

19년 전 오늘

19년 전 오늘, 1984년 4월 16일 나는 검사로 임관되어 부산지방검찰청에 첫 출근을 했다.

그날의 그 마음은 어디에 있을까!

아침에 출근하면서 "그날 그 마음이 어디 있을까?" 하고 아내에게 물어보니 아내가 이렇게 말했다. 부처님께서 《금강경》에서 "過去心不可得, 現在心不可得, 未來心不可得"이라고 설했듯이 그 마음은 과거도, 현재도, 미래도 잡을 수 없는 무상한 것이라고.

정말 19년 전 오늘, 청운의 뜻을 품고 어려서부터 꿈꾸어 왔던 검사 생활을 시작했더랬다. 그런데 지금 나는 과연 그때 꿈꾸던 그런 검사가 되어 있는 걸까? 파사현정하겠다던 그 가상하던 꿈을 이루고 왔을까?

아내에게 다시 물었다.

"그때와 비교하여 내가 무엇이 달라졌을까?"

그러자 아내는 나를 가만히 쳐다보더니 배시시 웃기만 했다.

지금껏 매년 4월 16일이 돌아와도 바쁜 생활에 찌들어 그날의 의미를 생각해 볼 겨를이 없었는데, 갑자기 검사 된 지 19년이 됐다는 것을 알고 가슴이 알싸해지는 이 심사는 무슨 까닭일까. 고등검찰청이 아무래도 한가하다고 이러는 걸까?

그런데 오늘 내가 더욱 애잔한 느낌이 드는 까닭은 특별기일사건 1건에 대해 공판관여를 하고 왔기 때문인지도 모른다. 나는 오늘 전직 모 검사에 대한 재판을 다녀왔다. 그도 한때는 나와 같은 검사였고, 소위 잘나가던 사람이었다. 재판을 마치고 나오면서 푸른 하늘을 바라보다가, 고개 숙이고 왔다.

검사는 무엇으로 사는가

퇴임하신 김원치 검사장님께서 쓰신《시간의 모래밭 위에서… 검사는 무엇으로 사는가》라는 책을 고맙게도 친필로 헌정의 글과 함께 보내주셔서 받은 그날 지하철로 퇴근하면서 읽다가 집에 와서 마저 다 읽었다.

평소 그분의 도도하고 탁월한 문장력에 찬탄해 왔던 바이므로 더 이상 언급할 필요가 없을 것이다. 그 책의 활자 한 자한 자에 그분의 인품이 녹아 있었으며 그 글을 통해 그분이얼마나 검찰을 사랑했는지, 얼마나 역사에 대해 두루 밝은지 확인할 수 있었고 또한 그분이 얼마나 투철한 국가관과 사생관을 가지고 있는지 확인할 수 있었다.

나는 그 책을 덮으면서 누군가 "과연 검사는 무엇으로 사는가?" 하는 질문을 내게 던진다면 뭐라고 대답해야 할까 생각해 보았다.

고심하던 끝에 내가 내린 결론은 책 첫머리의 〈초심(初心)〉이라는 제목으로 쓰인 글 속에 있다는 생각을 했다. 즉 '검사로서의 자존심'과 '검사의 명예'를 위해서 산다는 결론에 돌아오게 되었다.

그리고 책을 읽으면서 이런저런 생각에 빠지게 했던 내용은 '지성감천(至誠感天)'이라는 소제목으로 된 글이었다. 그 글 중에 일본의 홋타 검사장이 했다는 "증거가 있는 사건이건, 없는 사건이건 간에 상대방으로 하여금 진실을 이끌어내기 위해서는 먼저 그 사람의 진심에 다가가 그의 심금을 울릴 수 있어야 한다."라는 말이 자꾸 되새김질되었다. 정말 옳고 또 옳은 이야기라고 생각한다.

즉 검사의 중요한 덕목의 하나가 실체적 진실을 발견하여 형사사법적 정의를 바로 세우는 일이라 할 것이고, 실체적 진실을 발견하기 위한 노력의 하나로 조사를 받는 상대방으로부터 진실을 이끌어내기 위해 그 사람의 진심에 다가가 그의 심금을 울릴 수 있어야 한다는 것은 명약관화한 일이다.

그렇지만 많은 검사들이 실체적 진실을 발견하기 위해 조사 대상자를 앞에 앉혀두고 때론 윽박지르기도 하고 때론 고성으로, 때론 책상을 치면서 엄히 추궁하기도 하고 달래기도 하며 어떤 때는 감언이설로 속이기도 한다. 훗타 검사장의 말처럼 모든 사건과 관계 당사자에게 진심으로 다가가 심금을 울려 실체적 진실을 밝혀낸다면 얼마나 좋겠는가마는 사실은 그렇지 못한 경우가 더 많을 것이다.

우리 검사들은 실체적 진실을 발견하여 형사사법적 정의를 세운다는 보다 큰 대의명분 때문에 절차적 정의는 어느 정도 희생해도 좋다는 생각을 하고 있었던 것은 아닐까? 그런 생각 속에 부지불식간 젖어 살다 보니 검찰청에서 검사로부터든, 검찰청의 계장으로부터든 조사를 받고 나온 사람들의 대다수가 검사의 실체적 진실 추구라는 대의명분의 그늘 아래에서 신음하고 모멸감을 느끼고 심적인 고통을 당하여, 설사 그들이 범법자로 밝혀지고 범법자로 인정되었다고 하여도 자신의 지은 죄값을 치른 것이라고 생각하기보다는 오히려 자신의 자존심을 밟고 모멸감을 심어주고 심적인 고통을 준 검찰청이라는 곳에 책임을 전가하면서 결국 하나같이 검찰에 대해 적대적으로 변하게 되는 것 아닐까? 그 결과 국민의 저변에 우리 검찰에 대한 뿌리 깊은 불신이 심어진 것은 아닐까 생각하게 되었다.

우리 검찰보다 법원이 더 국민으로부터 신뢰를 받는 중요한 이유 중에 하나가 법원은 실체적 진실 발견보다는 절차적 정의를 지키려고 노력한 데 있지 않을까 생각해 봤다.

법원의 공판을 관여한 검사들이 흔히들 하는 이야기가 분명 판사가 피고인이 죄를 지은 것이 맞다는 것을, 검사의 주장이 맞다는 것을 속마음으로는 인정하고 있는데, 그런데도 검사의 주장에 손을 들어주지 않는다고 한다. 즉 피고인에 대해 수사 과정에서 절차적 정의가 지켜졌는지를 따지고, 그런 절차적 정의가 지켜지지 않았는데도 실체적 진실을 추구한다는 명제에 입각하여 유죄판결을 했다가는 대법원에서 파기될 수도 있음을 판사들은 끊임없이 의식하고 있다는 것이다.

그러면서 그들은 더욱 절차적 정의에 매달리게 되어 검사가 보기에는 꽉 막힌 사람들로 보이기 십상인데, 결국은 그게 국민의 신뢰를 조금이라도 더 받게 되는 중요한 이유인 것 같다는 얘기다.

그와 같은 판사들의 소위(所爲)에서 우리 검사들은 우리에게도 드디어 실체적 진실 발견도 중요하지만 절차적 정의를 그 무엇보다 중요시 여겨야 할 시기가 도래하였음을 깨달아야겠다.

절차적 정의에 어긋나면 실체적 진실 발견을 포기해야 하는 단계에 도달했다는 생각까지 들고, 절차적 정의 추구가 우리 검찰의 중요한 목표가 될 때 국민의 신뢰를 회복하는 하나의 전기가 되지 않을까 생각된다.

좀 더 직설적으로 얘기하자면, 슬픈 일이지만 사건 관계인에게 진정성을 다해 접근하여 사건의 실체적 진실을 발견할 자신이 없는 검사는 실체적 진실 발견이라는 화두를 쓰레기통에 집어던지고, 절차적 정의라도 철저히 지켜야 하지 않겠느냐 하는 것이다.

경험과 깊은 생각이 무르익어 녹아든 김원치 검사장님의 책에는 여러 모로 검사의 바른 자세와 명예, 자존심 등을 생각하게 하는 좋은 글이 담뿍 담겨 있었다. 우리 곁에 그런 좋은 선배가 있었다는 것은 우리의 보람이요 자랑이 아닐까 생각한다.

내가 세상에서 살고 있는 것은
한 마리 개미가 큰 맷돌에 붙어서 사는 것.
악착같이 오른쪽으로 가려 해도
풍륜이 왼쪽으로 움직이는 것을 막지 못한다.

我生天地間 一蟻寄大磨 區區欲右行 不救風輪左

소동파가 44세부터 48세까지, 4년 동안 황저우에 유폐되었을 때 쓴 시 〈변거임고정(邊居臨皐亭)〉의 일부이다. 천하에 그 명성이 자자했던 문장가이자 뛰어난 관리였던 그가 황량하고 궁핍한 황저우에서 고통스러운 귀양 생활을 하게 됐으니 그 절망감과 고독이 손에 잡힐 듯하다. 그러나 그는 자신이 미미한 존재에 불과하다는 것을 깨닫고 지난날 다른 사람들과 불화했고, 가차없었으며, 오만하기까지 했던 것을 반성했다.

떡을 친다는 뜻은?

오랜만에 외국에서 공부하고 막 돌아온 검사 등 정말 반가운 몇몇 검사들과 저녁을 했다. 푸짐하게 차려진 남도 밥상을 앞에 두고 젊은 검사들로부터 검사 노릇하다가 생긴 온갖 해프닝, 검사가 바르게 일한다는 것이 얼마나 힘든지에 대한 풍성한 이야기를 듣고 있노라니 전도양양한 젊은 그들의 패기가 부러웠다. 그리고 그들의 이야기 때문에 자연스럽게 떠오르는, 옛날 옛적 휘이휘이한 시기에 내가 겪은 갖가지 사연들이 오버랩됐고, 그들의 이야기에 점점 취해갔다.

한 테이블에 산 낙지 한 접시씩, 한 사람당 양념을 잘 발라 구운 낙지 두 마리씩, 그리고 각자 연포탕 한 그릇씩을 안주 삼아 배반이 낭자해졌다. 반찬 중에서 특히 돌게장이라는 음식이 특이했다. 돌게는 집게다리 하나가 아주 기형적으로 큰 게인데, 매운 풋고추를 잘게 썰어서 넣고 달콤하면서도 매콤하게 게장을 만들었는데, 몸통째 아삭아삭 씹어 먹으니 정말 맛있었다.(생각하니 침이 고이는데, 자리가 파한 후 한 통을 얻어 왔다.)

주흥이 도도해질 무렵 모 검사가 이렇게 물었다.

"근데 말입니다, 부장님! 형사사건 중 어려운 사건을 고생하면서 수사했다는 표현을 왜 하필이면 떡을 쳤다고 할까요?"

나는 생뚱맞기까지 한 그 질문을 듣고 곰곰이 생각하다가 대답했다.

"도구통에 흰떡이나 인절미를 만들기 위해 고슬고슬하게 찹쌀밥을 해서 넣고, 그걸 떡메로 쳐본 적이 있는가?"

우리 고향에서는 절구통을 도구통이라고 하고, 절굿대를 도굿대라고 부른다고 부연설명을 하면서 내가 되물었다.

"아이구, 저 같은 도회지 출신이 언제 그런 일을 해봤겠습니까!"

"아, 그렇지……. 떡을 치는 것은 기본적으로 굉장히 힘이 들어. 떡메 자체가 크고 무거울 뿐 아니라, 그것을 들어서 제대로 친다는 것도 어려워. 그리고 점점 찰지게 되어가는 떡에 떡메가 철썩 달라붙는데, 철썩 들어붙은 떡메를 다시 들어올린다는 것이 보통 힘드는 게 아니라네."

나는 손으로 온갖 포즈를 다 잡으면서 이어 설명했다.

"그리고 힘 좋은 사람이라고 떡을 잘 치는 것도 아니여. 떡을 칠 때, 도구통 옆에 떡 치는 사람 말고 한 사람이 더 달라붙어서 떡메를 한 번 칠 때마다 바로 찬물에 손을 충분히 적신 다음 찹쌀밥에 잘 적시면서 뒤집는데, 이게 타이밍이 잘 맞아야 돼. 그래야만 떡메를 들어 떡을 치는 순간 달라붙지 않게 되지. 잘못하면 떡메에 떡이 달라붙어서 그걸 떼어내려면 떡메를 치는 사람이나 옆에서 도와주는 사람 모두가 힘들어지게 되지!"

"복잡하고 말 많고 조사할 일이 많은 사건을 고생스럽게 처리했다는 것과 떡 치는 게 무슨 상관이 있길래요?"

"그러니까 내 개인적인 생각이지만, 형사사건 중에서 정말 어려운 사건이 많아. 그런 사건을 처리하면서 겪는 애환이야 말로 다 못하지. 고생하면서 사건을 처리한다는 것을 표현하려다 보니 떡을 친다고 비유한 것이 아닐까? 옛날에 검, 판사 중에는 숭악한 촌사람들이 많았으니, 경험상으로 떡이 자꾸 떡메에 달라붙어 힘들고 귀찮고 괴로웠기에 어려운 사건 수사하는 것을 떡 치는 것으로 비유한 게 아닌가 싶은데…….”

그리고 계속 이어서 설명했다.

“용을 쓴다고 해서 떡을 잘 치는 것도 아니거든. 먼저 떡을 치는 데는 요령이 있어야 돼. 힘만으로 되는 것이 아니야. 어려운 사건을 수사할 때 수사하는 마음의 자세 이런 것도 중요하지만 조사하는 순서라든지, 조사의 방법, 절차 같은 것도 아주 중요하다고 봐. 고생고생하면서 곳곳에 매설된 지뢰(수사를 하다 보면 얼마나 지뢰가 많은지 잘못 밟으면 터져서 곤욕을 치른다)를 피하면서 수사하는 것이 얼마나 어려운 일인가.”

모두들 고개를 끄덕이며 진지하게 들었다.

“그리고 수사는 타이밍이 아주 중요해. 떡을 치는 것처럼 적절한 시기에 손에 찬 물을 묻혀 떡을 적신 후 뒤집고 하는 것처럼 수사도 타이밍을 잘 맞추어야 하지. 떡 치는 건 이렇게 옆에서 도와주는 사람과 손발이 맞아야 해. 수사라는 것도 마찬가지 아니겠어? 검사 혼자서 하는 게 아니고, 옆에서 도와주는 사람들과 손발이 쫙쫙 맞아야지."

"부장님 설명을 들으니 정말 그럴싸하고 재밌습니다. 떡 치는 다른 검사들도 이 이야기에 공감할 것 같습니다. 기본적으로 떡 치는 게 힘든 일이어서 어려운 사건을 수사하는 걸 떡을 쳤다고 했다는 거죠?"

"맞아. 내가 뒤에 덧붙이는 이야기는 견강부회인지도 모르지. 지금도 한심스럽지만 검사 생활 23년이나 한 내가 아직도 떡을 제대로 치는가 하는 생각이 들 때가 많아. 요령 있게 떡을 치는 사람들 보면 존경스럽지."

우리는 파안대소, 박장대소를 하면서 웃었다. 그리고 즐겁게 술자리를 파했다.

다음 날 출근해서 생각하니 너스레를 떨면서 즉흥적으로 말했지만 그럴듯한 설명이었다는 생각이 들었다.

기본적으로 수사라는 것은 떡을 치는 것처럼 굉장히 힘이 많이 든다. 그뿐 아니라 수사는 요령 있게, 적절한 시기에,

독불장군 식이 아닌 주위 사람들의 많은 도움을 받아가면서 하는 일이다. 떡메를 잘못 쳐서 옆에서 도와주는 사람의 손을 쳐 깨지게 해서도 안 될 것이고, 타이밍을 놓치는 바람에 떡이 달라붙어 떼어내느라 몇 갑절 고생하지도 말아야 한다. 물론 도구통을 떡메로 치는 일이 있어서는 더욱 안 되겠다. 자칫 빈대 잡자고 초가삼간을 불태우는 일이 될지도 모르니, 떡메를 들지 말아야 할 경우도 있다. 그리고 떡을 치는 방법과 절차, 순서도 잘 고려해서 제대로 쳐야 한다.

경향 각지에서 많은 검사들이 매일매일 떡 치느라 고생이 많다. 떡을 칠 때마다 모두 제대로 치기를 바라는 것은 희망사항이다.

떡 치다가 실패할 수도 있다. 간혹 제대로 떡을 못 칠 경우가 생기면 그때는 한발 물러서도 된다. 검사는 전지전능한 존재가 아닐 뿐 아니라 오류가 전혀 없는 사람들도 아니다! 그렇지만 그늘에 자라는 동백꽃이 오래 피어 있듯 고생하면서 떡 많이 친 검사가 오랫동안 찬란할 거라 믿는다.

2

雜談 잡담

"눈이여, 좋구나,

한 송이 한 송이

떨어지지 않는 곳이 없도다."

신촌 블루스

요즘 매주 목요일이면 법무부에서 학비를 대주는 연세대학교 법무대학원 20기 경영정책법무과정 강의를 듣기 위해 퇴근 후 신촌으로 간다. 처음에는 이 나이에 무슨 강의를 듣느냐고 회의했지만, 지금은 오길 잘했다고 생각한다.

퇴근시간 무렵, 쏜살같이 택시를 타고 연세대학교 정문에서 내려—법무대학원 부근까지 택시를 타고 가도 되지만 대학의 분위기를 느끼기 위해 정문에서 내린다—백양로를 따라 걸으면서 날개를 펼친 독수리를 가만히 올려다보기도 하고, 연세대학교 초대 총장이시던 용재 백낙준님의 파랗게 이끼 낀 동상 앞에 서보기도 하면서 천천히 걸어 올라간다.

내가 학교로 들어가는 그 무렵이 학생들이 강의를 마칠 시간이어서인지 수많은 젊은 학생들이 쏟아져 나온다. 대학이라는 곳이 대부분 그렇겠지만, 그 터질 듯한 젊음은 한쪽에서 드럼을 치는 소리와 꽹과리를 치는 소리에서 묻어나기도 하고, 계단이나 벤치에 앉아 두런두런 나누는 이야기 가운데서 묻어나기도 한다. 양복 입고 넥타이 맨 사람이 어색한 느낌이 들 정도로 복장도 분방하다.

백양로 양편에는 각종 슬로건이 현수막에 굵직굵직하게 씌어 나래비 서듯 진열되어 있다. 전임 총장이 청와대 비서실장으로 갔기 때문에 새로운 총장을 선임해야 하는 모양이었다. 총장 선임을 위한 진통이 있는지 현수막 가운데는 그런 내용도 비쳤다.

서울대학교 법과대학장 안경환 교수님으로부터 '법과 문학'이라는 강의를 들었다. 그분은 워낙 법과 문학에 관한 많은 책을 냈고(그래도 1만 부를 넘긴 책이 없다고 농담을 했다) 그 방면에 해박한 지식을 가지고 있어 강의가 무척 재미있고, 사회현상에 대해 많은 생각을 하게 했다.

고시공부할 때 배운 지식을 우려먹고 있는 무식한 인간이 책에서 읽던, 언론에서 듣고 보던 저명한 교수의 강의를 들으면서 많은 공감을 하고, 그 강의를 들으면서 느낀 여러 가지 복잡한 생각들을—그분의 강의 내용에 살을 붙이고, 찢어발기어 다른 뼈에 붙인 다음 내 느낌을 보태서 나눠보고 싶은 생각이 들었다.(신촌과 관악으로 상징되는 특정 대학을 폄훼하거나 높이기 위한 것이 아니라, 그 지역들이 갖는 상징성 때문에 그 지역 이름을 썼다는 점을 이해해 주기 바란다.)

백양로를 걸으면, 피부 바깥을 파고드는 신촌의 분위기는 바로 '자유'다. 터질 듯한 감성이다. 까닭을 알 수 없는 현기증과 욱하고 치밀어 오르는 낭만이다.

느낌상으로 그 대척점에 관악이 있는 것 같다. 관악의 분위기는 관료적이고, 이성적이며, 형식을 중히 여기고, 귀족적인 사상을 중하게 여기는 고답적인 분위기라고 평소 생각해 왔는데 잘못되었을까?(신촌이라는 이름과 관악이라는 이름은 그 이름부터가 정반대 같은 느낌이 든다!)

그런데 현재 우리나라를 휩쓸고 있는, 우리나라에 넘치고 있는 분위기는 감성에 호소하고 감성을 자극하는, 열정적이며 도회적인 신촌의 분위기와 같다. 그런 분위기는 둔탁한 드럼 소리, 세련되지 못하고 낡아 간혹 불협화음처럼 들리는 전자기타 소리, 갈라진 듯 허스키한 목소리, 또는 내지르는 목소리가 범벅이 된 촌스러운 신촌 블루스의 분위기와 어우러지면서 커다란 울림을 발휘한다.

어떤 소녀들의 죽음을 계기로 넘치게 된 촛불과 시청 앞 광장을 가득 메운 붉은 악마로 상징되는 뜨겁고, 가슴 두근거리게 하고, 얼굴 붉히게 하는 것들이 서로 맞물려 시너지 효과를 내고 있는 시대가 아닐까 한다.

그러하기에 현재 우리의 시대를 신촌의 분위기가 관악의 분위기를 압도하는 시대라고 진단하는 것은 무리한 해석일까? 전쟁과 혁명의 시대를 견인하던 남성 중심, 가부장 중심의 상명하복 사회에서 평화의 시대를 견인하는 여성적이고 수평적인 사회로 어느새 바뀐 것이다!

사회 전반에 걸쳐서 여성이, 또는 여성스러움이 주도하는 까닭은 혁명과 전쟁의 시대가 가고 평화의 시대가 왔기 때문이 아닐까 생각된다. 우리 법조계에도 여성들이 대거 진입하는 것은 시대 상황에 대한 필연적인 결과이기도 할 것이고, 법이란, 특히 국제법에서 찾아낼 수 있지만, 기본적으로 여성적인 것, 평화적인 것을 대변하는 장치이기 때문에 여성에게 더욱 맞는 것 같기도 하다.

어디 법조계뿐이겠는가? 장중한 무게로 다가오던, 황석영이나 이문열 류의 문학 세상으로부터 어느 새 공지영, 신경숙 등 수많은 여성 문인들의 감각적이고 터치가 세밀하며 얇고 가늘고 짧고 작은 시대가 도래했다. 무라카미 류 같은 문체가 우리 사회에 많은 독자층을 확보하고 있다. 무거운 주제에 호흡이 긴, 혁명과 전쟁의 시대 상황에 처한 다양한 인간 군상들의 실존, 그리고 그들의 한계와 좌절을 그리는 도스토예프스키나 톨스토이, 발자크의 시대는 갔다. 그런 류의 문학작품은 읽지 않는 시대이다.

책의 시대에서 1000만 명을 훌쩍 넘길 정도로 많은 사람들이 〈실미도〉와 〈태극기 휘날리며〉를 감상하는 영상의 시대로, 아날로그 시대에서 디지털 시대로 넘어왔다. 눈 깜짝할 사이에 그렇게 되었다.

몇 년 사이에 인터넷을 매개로 하여 우리 나라에 불어 닥친 변화의 바람은 시대의 패러다임이 바뀌고 있다고 평가해야 할 정도로 격렬한 변화를 초래하고 있다.

그런데 우리 사회가 관악의 분위기에서 어느새 신촌의 분위기로 바뀌었는데, 이 사회의 주류라고 하는 사람들 또는 아직도 관악의 분위기에 젖어 있는 사람들은 관악은 깊고도 넓고 튼실하다고 엉뚱한 착각을 하고 있다. 이는 격렬한 변화의 흐름을 감지하지 못한 까닭이 아닐까 생각해 본다. 보수 세력이 주도하는 정치 집단이 각종 선거에서 계속 실패하는 것도 같은 맥락에서 생각해 볼 수 있다.

특히 관악적인 분위기가 압도적인 곳이 우리 검찰일 것인데, 우리는 아직도 그런 착각을 하고 있지 않은지 다시 한 번 주위를 둘러보게 된다.

소설가 최인호님은 《상도》라는 소설에서 거상 임상옥은 말년에 자기 집 마당에서 매가 병아리 한 마리를 채 가는 것을 보고, 평생 손해 보지 않고 살았는데 매가 자신의 집에 병아리 한 마리를 채 가는, 그야말로 처음으로 손해 보는 모습을 보고 재운이 다됐다고 생각하여 재산을 분배하여 주고 은퇴

하게 됐다고 묘사했다.

작은 하나의 사건을 두고 자신의 시대가 갔음을 알아차리고 진퇴를 결정한 임상옥이라는 사람의 사례에서 우리는 시대 상황에 대한 정확한 분석이 필요하며, 그런 분석에 터 잡아 법률가답게 끈질기게 여러 사람들의 이야기를 귀 기울여 듣고, 여러 가지 수많은 정보 자료를 종합하여 시대에 대한 처방전을 써 내야 함을 깨닫게 된다.

그런 처방전은 미국의 사례에서 이끌어낼 수 있을 듯하다. 우리보다 여러 면에서 크게 앞섰다고 생각되는, 미국의 민주당 대통령 후보를 선출하기 위한 예비선거를 보면서 희미하게 느꼈던 것이 해답을 제시하고 있는지도 모르겠다.

열정적이며 감성적인 하워드 딘이라는 후보가 탁자를 쪼개듯 정열적이며 감성에 호소하는 격정적인 연설, 또 다른 한쪽에서 보면 위태롭기까지 해 보이던 그 연설 때문에 순식간에 허물어지는 것을 우리는 목도했다. 공화당이 고답적이고 보수적인 이미지를 가지고 있다고 하여 그들을 상대할 대항마(對抗馬)로서 내세웠지만, 뭔가 불안해 보이고 모자란 듯 보이고 감성에 치우친 듯한 사람을 쓰러뜨리는 미국 언론의

힘과 시민의 힘을 나는 경이적인 눈으로 바라보았다.

'그 무엇'이 감성의 시대라고 하는 지금 이 시대에 걸맞지 않게, 예상했던 방향과 다른 방향으로 감성적인 것만으로는 안 된다고 강력히 태클을 거는 건지 생각하게 된다. 미국 사회의 근간인 실용주의 또는 청교도정신이 아닐까도 싶지만, 그것은 바로 이성일 것이다.

즉 아무리 신촌의 이미지가 광풍처럼 밀어닥쳐서 뿌리째 날려버리려고 해도, 뿌리 깊은 나무 바람에 아니 흔들리는 것처럼 굳건하게 버텨주는 것은 관악의 이미지가 아닐까 생각해 본다.

현 단계에서 이성적인 것은 거추장스럽고 어려우며 복잡하고 까다로운 것이지만 도도한 역사의 흐름에서 보면 하워드 딘 대신 존 캐리라는 사람을 민주당 대통령 후보뿐 아니라 대통령으로 뽑는(?) 것이 시대를 올바르게 이끄는 것이라는 공감대 또는 자기검열장치를 가지고 있는 나라가 미국이며, 그런 점이 두드러져 보이기에 미국이라는 나라를 다시 보게 된다.

또한 그 나라가 초강대국이 되고 팍스 아메리카를 유지하고 있는 것도 그 나라 스스로에게 방향을 제시해 주는 나침판을 가지고 있기 때문이 아닐까?

이상 안경환 교수의 강의를 듣고 내가 이해한 내용과 내 소회의 일단을 정리해 보았다. 그분의 강의 취지는 이게 아닌데 내가 마음대로 견강부회했는지도 모르겠다.

저녁 9시 반 수강을 마치고 어두워진 백양로를 따라 걸어 내려 오면서 자꾸 단하천연(丹霞天然) 선사가 했다는 그 말씀, "철불(鐵佛)은 용광로를 건너지 못하고, 목불(木佛)은 불을 건너지 못하며, 이불(泥佛)은 물을 건너지 못한다.〔金佛不渡爐 木佛不渡火, 泥佛不渡水〕"라는 그 말씀이 입안에 뱅뱅 맴돌았다.

부드러움의 힘

우리 서울서부지검 7층 세면장에는 시가 한 수 걸려 있다. 송수권님이 쓴 〈시(詩)〉라는 시다. "오늘 아침 부드럽게 쌓인 눈 위에 / 삼나무가 넘어져 있다 / 영혼을 울리는 건 작은 힘 / 천리를 날아가는 쇠기러기 울음도 / 한점 부드러운 작은 깃털"이라는 구절을 읽으며 가슴이 젖는 느낌이 들었다. 누가 골랐는지 안목이 상당한 것 같다.

송수권님은 시를 가리켜 영혼을 울리는 작은 힘이라고 노래했지만, 아전인수(我田引水)식의 해석인지 모르나, 나는 검찰인이 왜 부드럽고 또 부드럽게, 친절하고 또 친절하게 상대를 대하면서 그들의 이야기를 들어야 하는지, 그 까닭을 보여주는 것으로 읽었다. 시처럼 검사는 삼나무를 넘어뜨리는 부드러운 눈이 되고, 쇠기러기를 천리 먼 길 보내는 깃털이 되어야 한다.

나는 요즘 서울서부지검에서 공판 전문(?) 부장검사로서 공판실 검사 네 사람―그중에 세 사람은 검사 경력이 4학년 이상의 백전노장이니 정말 든든하다―과 함께 근무하고 있다.

이제 막 재기수사명령사건이 1건 배당되고, 항고사건도 딱 1건 배당되었을 뿐 아니라 공판실 검사들의 결재도 그렇게 많지 않아 이 책 저 책을 뒤적이기도 하고 창밖을 내다보며 봄빛을 완상하는 등 비교적 한가한 나날을 보내고 있다.

그런데 결재를 하다 보니 서부지법의 무죄선고가 많아 공판 관여 검사들의 고생이 많은 것 같았다. 나는 검사들에게 법대로, 원칙대로 공소유지를 철저히 하되 무죄선고를 하지 말아달라고 부탁하는 등 아쉬운 소리를 하지 말라고 했다. 그건 검사스럽지 않다고.

사실 유죄인 사건을 공소유지 잘못하여 무죄선고가 되는

경우는 흔치 않은 사례다. 즉 무죄 방지의 최선의 방책은 수사를 잘해서 기소해야 한다는 뜻이다. 내 경험에 비춰볼 때 공소유지를 하면서 가장 아쉬운 때는 수사 단계에서 모든 피고인의 주장사실이 드러나야 하고, 그와 같이 드러난 주장사실을 검증한 후 기소를 하게 되면 공소유지 검사가 피고인을 공격하기 쉬울 것인데, 수사 단계에서는 전혀 드러나지 않다가 공판정에서 피고인 측으로부터 느닷없는 방어방법이 제기되어 공판검사로서는 속수무책으로 당할 수밖에 없을 때다.

물론 1재판부 1공소유지 검사가 되면 시간적으로 충분하여 느닷없는 방어방법이 동원되어도 공판을 위한 수사를 병행하여 막을 수 있을 텐데, 보통 2재판부 1공소유지 검사를 하다 보니 일주일에 4일은 공판을 들어가게 되고, 시간적 제약 때문에 공판정에서의 주도권을 뺏겨 그것도 쉽지 않다. 그런데 왜 공판 단계에서 피고인으로부터 예상치 않았던 방어자료가 튀어나오는 걸까?

나는 '수사기관에서의 친절이란 무엇인가'에 대해 강연을 하면서, 질문만을 하고 답을 잘 들으려 하지 않는 데에 그 원인이 있다고 진단한 바 있다. 만약 내 절친한 친구가 죄를 지어 검찰청에 가서 조사를 받게 되었다고 하면서 나에게 조언을 부탁한다면 나는 검사가 질문하는 내용에 대해 "길게 답변하지 말고 예, 아니오로 짧게 답변하는 것이 좋다. 답변이 길면 꼬투리가 잡히니 절대 길게 답변하지 말아라."라고 하겠다. 왜냐고? 검사나 검찰청에 근무하는 사람들은 머리가 좋아서 길게 답하면 그 말을 꼬투리 잡아 집중적으로 추궁을 해서 상대로부터 항복받는 데 능하기 때문이다.

그런데 내가 그렇게 조언하지 않아도 우리 검사들뿐 아니라 참여계장들이 내가 조언한 것을 스스로 실천을 해주는 바람에 친구에게 불필요한 조언을 하는 셈이 되고 있다고 말하면 지나친 표현일까?

검사실에서 피의자를 조사할 때 우리는 어떻게 하고 있는가? 피의자가 장황하게, 비논리적으로 대답을 하면 흔히 "예, 아니오로만 대답하세요."라고 한다. 쓸데없는 소리 하지 말라고까지 한다. 그런 까닭인지 모르지만 조서를 보면 질문은 길고 답변은 짧기 십상이다.

피의자의 말뿐이겠는가. 피의자의 변호인의 말조차 듣지 않으려고 한다. 피의자의 변호사니까, 피의자 편을 들어서 말도 안 되는 주장 또는 뻔한 이야기를 한다는 것이다.

최근에 내가 공판부 업무보고를 하면서 무죄선고가 많은 원인에 대해 이야기했다. 그 자리에서 서부지검 검사장님이 "변호사는 피의자의 주장을 법률적으로 정제하여 대신 이야기하므로 변호인의 말을 충실히 듣기라도 해야 하는데 검사들이 듣지 않으려고 하는 자세가 무죄가 많이 선고되는 원인의 하나가 아닐까?"라고 말했다. 좀 더 직설적인 표현으로 변호사가 피의자의 편을 들지, 검사의 편을 들기를 바라는 것이 말이 되느냐고 했다. 구구절절 옳은 말씀이다.

과연 변호사나 피의자가 하는 말 중에 쓸데없는 소리가 있을까? 그들에게 소추되느냐 여부는 위기의 순간이므로 검사로부터 소추를 당하지 않기 위해서 자신이 가지고 있는 모든 방법과 수단 그리고 정성을 다해서 억울한 사람은 검사를 설득하며 호소하고, 죄지은 자는 검사를 속여 소추당하지 않으려고 발버둥을 칠 것이다. 그런데 왜 그런 중대한 이야기를 무시하고 말허리를 자르는가?

검사의 수사목표는 피의자의 입을 여는 데 있고, 입을 열게 해서 많은 말을 하게 하는 데 있다. 그리고 많은 말을 하게 해서 올바른 결정을 하는 것이 수사의 목표 아닌가? 그런데 실제로는 우리가 피의자의 말문을 닫게 하고 있다. 아니, 우리는 이미 결론을 내려놓고 그에 반대되는 이야기는 듣지 않으려고 작정하고 있다고 해도 지나치지 않을 것이다.

분명히 말하지만 누가 청탁을 한다고 하여 청탁 내용조차도 듣지 않으려고 하는 태도도 고쳐야 한다. 청탁 내용조차 듣지 않는다고 세상 사람들이 그 검사나 검찰청 직원을 청렴하고 고고한 사람이라고 하지는 않는다. 변호사가 하든, 개인적으로 아는 사람이 하든 청탁 속에는 진실을 가리는 데 필요한 중요한 사실이 숨겨져 있는 경우가 많다. 내가 자주 하는 말이지만, 청탁에는 사실판단에 요긴한 정보가 담겨 있을 수 있다. 따라서 '청탁은 정보'이다.

나와 견해를 달리하는 사람들도 있겠지만, 내가 공판정에서 재판을 하는 판사들을 보면서 가장 절실하게 느낀 점, 또는 우리 검사에게는 부족한데 판사는 가지고 있는 점은 바로 불필요한 듯한 피고인의 말, 장황하고 비논리적인 피고인의 말을 참고 또 참으면서 들어준다는 것이다.

참으면서 들어준다는 것이 바로 판사가 검사들보다 나은 강점이며, 그것이 바로 사법부가 검찰보다 국민으로부터 더 신뢰받는 까닭인지도 모른다.

입은 원수를 만들고 귀는 친구를 만든다. 그들이 하는 이야기를 제발 잘 들어주자. 형사부 검사나 직원들의 경우에 경찰에서 송치한 수많은 사건을 수사하고 처리하는 것이 얼마나 힘들고 어려운지는 안다. 소소한 사건을 잘한다고 하여 빛이 나는 것도, 누가 알아주는 것도 아니고 잘나가게 되는 것도 아니다. 그렇지만 소소하고 하찮은 듯한 사건 하나하나를 잘 처리하는 것이 검찰인이 된 본연의 임무이며 소명이다. "역시 검찰청 사람은 다르다."라는 느낌이 들도록 하는 첫걸음은 진정으로 그들의 이야기를 들어주는 데 있다.

그렇다면 수사 단계에서는 전혀 나오지 않았던 주장이나 증거자료가 법정에서 피고인으로부터 제출되어 무죄가 선고되었다면, 수사검사로서 가장 부끄러운 일이 아닐까?

장황한 이야기인데 다시 요약하자면 모두(冒頭)에서 얘기했듯 송수권님의 시처럼 우리는 삼나무를 넘어뜨리는 부드러운 눈, 쇠기러기를 천리 먼 길 보내는 깃털이 되어야겠다.

매는 조는 듯 앉아 있고, 호랑이는 앓는 듯 걷는다.

鷹立如睡 虎行似病

《채근담》에서 발췌했다. 맹수는 기회가 올 때까지 조는 듯, 앓는 듯 있는 것 같지만 기회가 오면 반드시 그것을 낚아챈다는 뜻이다. 강한 것은 평소에는 조용하고 부드럽다는 뜻으로 해석할 수도 있을 것이다.

그럼, 너는 주인답냐?

설 전날, 북한산성 매표소를 출발하여 대서문을 거쳐 백운대에 올랐다가 구기동 쪽으로 하산했다. 매서운 바람이 계곡 아래쪽에서 나뭇가지를 치며 올라와, 주위를 어슬렁대며 울부짖었다. 떨어져 나갈 듯 시린 귀를 두 손으로 감싸고 걸었다. 쌓인 눈 속으로 뿌드득 파고드는 아이젠 소리에 맞추어 버스 안에서 잠깐 읽었던 선화(禪話)를 곱씹었다.

당나라 때, 선가(禪家)의 백장청규(百丈淸規)로 유명한 백장선사(百丈禪師)가 제자인 황벽(黃壁)에게 물었다.

"어디를 갔다 오느냐?"

"대웅산에서 버섯을 따 왔습니다."

"호랑이를 만났느냐?"

이 말에 갑자기 황벽은 호랑이 울음소리를 냈고, 이에 백장은 도끼를 집어 들고 찍으려고 했다. 황벽이 백장에게 주먹을 한방 날리니, 백장은 껄껄 웃고 돌아갔다. 그날 백장은 상당(上堂)하여 다음과 같이 법문(法問)을 했다.

"대웅산 아래 호랑이가 한 마리 있으니 잘 살펴 다녀라. 나도 오늘 한차례 물렸노라."

이 이야기에 대해 곰곰이 생각해 보았다. 스승이 호랑이를 만났느냐고 묻자 제자는 자신이 호랑이라는 뜻으로 호랑이 울음소리를 낸 것일 테고, 스승은 네가 진짜 호랑이라면 잡아야겠다며 도끼를 치켜들었으리라. 아마 여기서 황벽이 가짜 호랑이였다면 도망을 치거나 왜 그러시냐고 만류했을 것인데 황벽은 진짜 호랑이라는 뜻에서 주먹으로 후려쳤을 것이다. 제자가 스승의 선문답(禪問答)에 전광석화처럼 진짜라고 주먹으로 후려치니 청출어람(靑出於藍), 어찌 기쁘지 않겠는가! 이 선화에서 황벽은 자신이 말로만이 아닌, 진짜 호랑이라고 선포했다. 그런 황벽의 가르침을 받았기에 그의 제자인 임제 의현도 "어떤 자리에서든지 주인일 수 있다면 어디에 서 있든, 서 있는 그곳이 참되다.〔隨處作主 立處皆眞〕"라고 강조했던 것이라 생각한다.

요즘 우리 사회는 법치주의의 정착을 요란하게 외치고 있다. 그런데 왜 법의 권위는 점점 실추되고 법조인은 비난받고 있다는 생각이 들까? 그건 법의 운용자들이 제 구실을 하지 못하는 데도 원인이 있는 듯하다. 이럴 때는 이 선화처럼 원칙으로 돌아가, 법조인 한 사람 한 사람이 서 있는 그 자리에서 주체적으로 법을 수호할 때 권위와 명예는 지켜지는 것 아닐까.

그 같은 사정은 법조만이 아니다. 작금은 부정과 비난이 횡행하는 어지러운 시대다. 혼돈의 시대일수록 각계각층의 구성원들이 서 있는 그 자리에서 주인답게 행동할 때 지금까지의 성과에 터 잡아 정체 상태에 빠진 듯한 나라를 한 단계 비약시킬 수 있다.

멀리서, 어설픈 지식이라는 잣대로 세상사를 분별하는 나에게 "그럼, 너는 주인답냐?"고 호통 치는 것 같다.

달빛 완상

정월 열사흗날과 열나흗날 연 이틀, 퇴근 후 장원봉을 등산하며 달이 점점 익어가는 모습을 봤다. 달맞이를 하면서 소원을 빌어본다는 풍습에 따라 날씨만 괜찮다면 오랜만에 정월 대보름달을 바라보며 달을 향해 생각을 가다듬어보고 싶었다. 마침 대보름날인 2월 23일은 날씨가 청명하여 기대했던 달을 충분히 완상할 수 있을 듯했다.

퇴근시간이 다가와 청사 구내식당에서 간단히 저녁을 해결하고, 등산용 배낭에 물 한 통 그리고 음료수와 간식거리를 준비한 다음, 등산복을 갈아입고 오후 6시, 바로 퇴근했다.

우리 실 참여 이준형 계장의 차를 타고, 지산유원지 골프 연습장에서 내렸다. 이 계장은 혼자서 야간 산행을 한다고 나서는 것이 걱정스러운지 조심하시라고 여러 차례 당부를 했다. 정월대보름 달맞이를 하기 위해 많은 사람들이 무등산으로 오를 것이라고 짐작한 나는 걱정 마시라며, 산길을 오르기 시작했다.

해가 길어져 환하게 밝아 깨재까지 오르는 데에는 아무런 지장이 없었다. 깨재에서 잠시 호흡을 가다듬고, 바로 지산 유원지 리프트카 종착점까지 올라갔다. 이미 운행을 멈춰 리프트에 매달린 리프트카들이 쓸쓸해 보였다.

출발지에서부터 인적이 없더니만 리프트카 종착점 인근에서도 인적을 찾기 어렵고, 그나마 있던 가게도 모두 문을 닫고 있었다. 이미 동녘 하늘에는 노랗게 빛을 발하는 보름달이 둥실 떠올라 있었다.

본격적으로 낙타봉 쪽으로 방향을 가늠하고, 생각에 잠기며 걸었다. 점차 어두워지면서 등산로 곳곳에 소나무들의 뿌리가 마치 촌 노인들의 거친 손등의 핏줄처럼 선명하게 돋아

올랐다.

등산로가 어두울수록 그 뿌리들은 하얗게 자신을 드러내 보였다. 등산로 방향 쪽으로 달이 얼굴을 환히 드러내 보이는 곳에서는 등산길이 마치 10센티미터 이상 돋아 오른 것 같다가도, 어느새 달이 작은 봉우리 뒤편으로 얼굴을 감추면 검게 변하며 꺼져 내렸다.

소나무 숲속 나무들 사이에 달이 얼굴을 비치기도 하는가 하면 때로는 마치 달이 옆에서, 앞에서, 뒤에서 나를 호위하는 듯하기도 하고 희롱하는 듯하기도 했다. 전망 좋은 산마루에서 사방을 둘러보니 무등산 이 골짜기, 저 골짜기에 마치 우유를 뿌려놓은 듯, 흰 가루를 뿌려놓은 듯 달빛이 뿌옇게 가라앉아 있었다. 바람에 실렸기 때문인지 간혹 방향을 알 수 없는 먼 곳에서 개 짖는 소리가 들려오기도 했다.

인적이 끊긴 등산로의 나무 끝에 삭풍이 닿을 때마다 긴 겨울을 버티며 나무에 붙어 있던 나뭇잎들이 서로를 부비며 찰랑거리는 소리를 내고 있었다. 나뭇잎 바스락거리는 소리와 찰랑거리는 소리는 양다리에 파고드는 찬 바람에 날을 곧추 세워주는 것 같았다. 날이 예리하게 선 찬 바람은 양다리를 면도질하듯 쓸고 지나갔다.

심사가 쓸쓸했다. 쓸쓸한 심사는 머언 먼 시간 속으로 뒷걸음질을 치게 했다.

당나라 때 시인 유종원은 〈강설(江雪)〉이라는 시에서 처연하게 노래했다.

"산이란 산에 새 한 마리 날지 않고, 길마다 사람 자취 끊어졌다.〔千山鳥飛絕, 萬徑人踪滅〕"

시인은 '절(絕)'과 '멸(滅)'로서 분주한 세상과 떨어진 우울한 심사를 은유했다.

그러고도 모자라 '고(孤)'와 '독(獨)'이라는 표현으로 "외로운 배에서 삿갓 쓰고 눈 내리는 강에서 혼자 낚시질한다.〔孤舟蓑笠翁, 獨釣寒江雪〕"라고 읊었다.

인적도 끊기고 새 소리마저 끊긴 달밤에 혼자 산행에 나서니 더더욱 고인(古人)의 시가 실감났다.

평탄한 길에서는 생각에 잠기기도 하고 주위에 신경을 쓰며 걷다 보니 밤 산행 길이 낮보다 훨씬 더 먼 느낌이 들었다. 아직도 잔설이 남아 있고 눈들이 얼어 있는 곳에서는 등산화에 얼어붙은 눈들의 깨지는 소리가 발아래에 가득하기

도 했고, 간혹 뿌드득뿌드득하는 개구리 울음 소리가 가득해
질 때도 있었다.

달은 점차 주황색 빛이 엷어지면서 하얗게 밝아지고 있었다.

바람재로 가는 등산로 우측 증심사 쪽 계곡에서 목탁 소리
가 들리고, 간혹 그 목탁 소리에 맞춰 장구 치는 소리도 들렸
다. 아마 오늘이 정월 대보름이라 무당이 굿판을 벌인 것이
아닐까 짐작됐다.

낙타봉 옆으로 돌아가노라니 지금까지 넓던 등산로가 좁
아지면서 소나무 사이 경사진 사면을 걸어갔다. 간혹 이 길
이 맞는지 의심이 들기도 했다. 미리 준비해 둔 손전등을 켤
까 하다가 그만뒀다. 잠시 쓰러져 있는 굵은 소나무 줄기에
앉았다. 가는 길을 의심할 필요가 없는데 의심이 발호하는
바람에 주저주저하는 마음이 들어선 듯했다.

그러나 문득 나를 누군가 이끌고 있다는 생각이 들었다.
비록 눈에는 보이지 않으나 나를 이끄는 것이 있다는 확신이
들었다. 그게 허상이라도 좋았다.

어느새 바람재에 도착했다. 바람재 앞 시커먼 철벽처럼 가
로막은 무등산의 큰 몸체가 아득하고 드높아 보였다. 저 멀

리로는 철벽의 등성이를 뚜렷하게 드러내고 있었다. 그 위로 달이 너무나 휘황하고 아름답게 밝았다.

　자동차가 서로 비켜 지나갈 만큼 넓은, 무등산 허리를 가로지르는 산복도로를 따라 한층 여유 있는 마음으로 걸었다. 유난히 멀어져 보이는 광주 시내 야경이 마치 곳곳에 쥐불놀이를 하는 것처럼 여기저기에서 이글거리고 있었다. 바람 때문인지 곳곳에 붉게 타오르는 도심의 불빛이 눈물 머금고 있는 듯 흔들렸다. 도회지 쪽에서 폭죽 소리가 자꾸 울렸지만 불꽃은 피어오르지 않았다.

　널찍한 도로를 걸으면서 이 생각 저 생각에 빠져들다 보니 어느새 너덜겅 약수터에 도착했다. 저 많은 물이 어디에서 솟구치는지 콸콸 소리를 내며 쏟아지고 있었다. 벌컥벌컥 물을 마시고 입안을 헹구고 나니 정신과 육체가 쇄락(灑落)해졌다.

　물병에 든 물을 전부 버리고 너덜겅 약수를 담고, 다시 출발하여 토끼등에 닿았다. 핸드폰을 켜서 시간을 확인하니 7시 47분이었다. 6시 10분에 출발했으니 한 시간 반쯤 걸린 것으로 어림짐작됐다. 토끼등 곳곳에 마련된 벤치 중에 가운데 벤치에 앉았다.

중봉과 장불재 중간쯤에, 이제는 하얗게 탈색된 달이 온 천지를 내려다보고 있었다. 천지를 굽어보며, 천강에 얼굴을 새긴 달이 이윽고, 내게로 눈을 돌렸다. 간절한 기원이 휘영청 밝은 달에 오버랩됐다.

무등산은 참으로 큰 산이라는 것을 자주 올라올수록 절감하게 된다. 큰 산은 흙을 사양하지 않는다고 했다.(泰山不辭土壤) 그가 깨끗한 흙인지, 더러운 흙인지 가렸다면 어찌 저리 큰 산이 되었겠는가.

강이나 하천도 마찬가지일 것이다. 그 옛날 미수 허목(許穆) 선생은 〈기언서(記言序)〉라는 글에서 이렇게 말했다고 한다.

"제 힘만 믿고 날뛰는 사람은 제 명에 죽지 못한다. 이기기만 좋아하는 사람은 반드시 적수를 만나게 된다. 도둑은 주인을 미워하고, 백성은 윗사람을 원망한다. 군자는 천하의 위가 될 수 없음을 알아 아래에 처하고, 뭇사람의 선두가 될 수 없음을 앎으로 뒤에 선다. 강하(江河)가 비록 아래로 흐르지만, 온갖 시내의 우두머리가 되는 것은 자기를 낮추기 때문이다. 하늘의 도는 친함이 없이 항상 착한 사람과 함께 한다. 경계할지어다."

허목 선생의 글을 떠올려, 향상(向上)하고자 하는 사람의 삶의 자세를 다시 생각했다.

등산객들이 있다면 토끼등에서 동화사 약수터로 올라가려고 했지만 예상과 달리 등산객은 눈 씻고 찾아봐도 없어 증심사 쪽으로 하산하기로 마음먹었다. 내년에 또 보자고 달에게 작별을 고하고 하산 길로 접어들었다.

올라올 때 앞서 나를 이끌던 달이 이제는 뒤에서 나를 따라 내려왔다. 잘 닦여지고, 하얀 밧줄이나 긴 나무들로 경계를 잘 표시한 하산길이 편안했다. 증심사 계곡 쪽 상가들의 불빛이 완연해지자 계곡 물소리가 점차 가득해져 왔다. 낮 동안에는 부산하고 번잡하던 상가들도 거의 대부분 철시해서인지 조용했다. 한두 가게에 몇몇 등산복 차림의 손님들이 술잔을 기울이고 있는 모습이 보였다.

도로에 내려서니 8시 15분. 항상 고대했던 정월 대보름 달밤 등산을 마친 셈이다. 홀로 달밤 산행을 하면서 수확이 많았다. 가슴 한쪽이 만족감으로 도도해졌다. 3월의 달밤 등산은 그윽한 봄밤의 등산이 될 것이어서 또 다른 묘미를 줄 것이 분명하다. 그날이 기다려졌다.

그대도 저 물과 달을 알고 있는가?
흘러가는 물은 주야의 구별이 없이 장강처럼 흘러서 가나,
지금까지 물이 흘러가 다해버린 일이 없으며,
장강은 언제나 변함없이 흘렀다.
차고 기울고 하는 달도 저처럼 변화하는 것이지만,
달의 본체는 소멸하거나 증장(增長)하지 않는다.

생각건대 또 그 변화하는 것, 즉 현상의 입장에서 본다면
천지도 현상이니 일순간도 그대로 있을 수 없는 것이다.
또 그 변하지 않는 것, 즉 만물의 본체의 입장에서 본다면
물(物)과 아(我)가 다 무한한 생명에 뿌리박고 있는 것이다.
그렇다면 그 위에 또 무엇을 부러워할 것인가!
장강의 무궁함을 부러워할 것이 없다.
그렇게 본다면 우리들 하나하나의 존재는,
결코 덧없는 것이 아니요, 각기 동등한 가치를 지니고 있다.
그 위에 천지간의 모든 물건에는 각각 주인이 있으니,
진실로 나의 소유물이 아니거든,
비록 한 개의 터럭일지라도 취하지 말 것이다.
오직 이 강 위의 맑은 바람과 산간의 명월만은
귀로 그 바람 소리를 들어 즐기고,
눈으로 그 달의 맑은 빛을 보아 아름다움을 완성할 것이니,
이것은 그 누구도 취하는 것을 금한 자가 없으며
아무리 써도 없어지지 않으니,
이야말로 만물을 창조한 자의 다함이 없는 창고라 하겠다.
더욱이 바람과 달은 나와 그대가 다 같이 마음에 들어하는 것이니,
이를 실컷 즐겨봄이 좋으리라

소동파는 삶의 허망을 뚫는 진실이 무엇인지를, 변화하는 것 가운데 변하지 않는 것이 무엇인지를, 빈손으로 왔다가 빈손으로 가는 인생살이에서 참맛이 무엇인지를 이 〈적벽부〉를 통해 이야기하고 있다.

호수와 같은 그리움으로

지금도 검사를 더 했으면 훌륭한 검사였을 텐데 하는 아쉬운 생각을 하고 있는, 조 모라는 사람이 대구에서 변호사를 하고 있다. 그는 1995년 서울북부지청 검사로 임관되어 형사2부에 배치됐다. 같은 부에서 나는 송치 강력 사수이고, 그는 조수로 인연을 맺었다.

그의 열정과 정의감, 그리고 순수함이 너무 마음에 들어 살인사건이 발생하면 함께 피범벅이 된 범행현장을 자주 둘러보기도 했다. 몇 번 그런 일을 하다 보니 현장보존이 얼마나 중요한지 알게 된 그는 강력형사들이 우리가 도착하기 전에 범행현장을 치우거나 절차에 잘못이 있으면 엄히 나무라곤 했다. 그렇게 열심인 결과, 초임 검사임에도 불구하고 대검찰청 정기 사무감사 결과, 우수 검사로 선발되어 표창을 받기도 했다.

나와 공적으로 긴밀했을 뿐 아니라 사적으로도 자주 어울려 술도 마시곤 했고, 술을 마시면 청에서 가까운 그의 집으로 쳐들어가기도 했다. 방 두 개짜리 조그만 전세 아파트에 책 쌓아둘 곳이 없어 거실 사방에 수많은 책을 쌓아두고 있는 모습을 보고 책 탐 많았던 난, 강렬한 인상을 받았다.

내가 올 3월 대구지검에 부임한 후, 외부 사람으로는 처음으로 득달같이 달려온 그를 만났다. 그는 2000년에 대전지검으로 발령나자 잠시 대전에서 근무하다가 가정이 어려워 사표를 제출하고 변호사가 됐다. 이제는 적당히 검사물이 빠졌으려니 생각하고 있었는데, 칼 같은 기상이 여전했다.

그의 아내도 나를 잘 알기에, 집으로 초대해서 저녁을 대접해야 하는데 아들놈이 재수생인 까닭에 초대하지 못한다고 미안해했다. 나도 자식 둘의 대학입시를 치러본 경험이 있는지라 재수생 아들을 두고 있는 어미의 심정이 얼마나 어려운지 잘 알고 있어, 손사래를 쳤다.

그런 그가 얼마 전, 퇴근 후 팔공산 갓바위로 등산이나 하고 인근의 그의 고등학교 동창생 친구가 하는 청국장 잘하는 식당에서 저녁이나 먹고 오자고 했다. 나는 쌍수를 들어 환영했다. 말로만 듣던, 그 유명한 팔공산 갓바위 부처님을 꼭 뵙고 싶던 차였기 때문이었다.

뜻 깊게도, 어버이날인 2007년 5월 8일 오후 6시, 그가 직접 차를 몰고 청사 주차장에 도착해 있다고 하여 미리 준비한 등산복으로 갈아입고 곧바로 팔공산 관봉(冠峰)으로 향했다. 등산로 초입 가게 옆 주차장에 차를 세우고 곧바로 등산을 시작했다. 등산로 초입에 있는 관암사(冠巖寺)를 통과하자 돌계단이 나왔다. 돌계단을 한발 한발 밟으며 천천히 정상으로 향했다.

가파른 돌계단 길은 번잡한 속세의 생각들을 하얗게 탈색시킬 만큼 숨차게 했다. 그러다가 이제는 보금자리를 찾아 들어갈 때가 되었지만, 아직도 제자리를 찾지 못한 이름모를 산새들 울음소리에 끊긴 생각이 다시 이어지곤 했다. 등산로 중간 중간에 등불이 있고, 스테인리스 난간도 만들어져 있어 깊은 밤에도 안전하게 오를 수 있을 듯 싶었다.

그리고 중턱에 잠시 머물러 숨을 고를 때는 무성한 나뭇잎들이 뿜어내는 내음새로 정신이 쇄락해졌다. 난, 이 길을 걷던 수많은 선남자(善男子), 선여인(善女人)을 생각했다. 갖가지 사연과 소원을 하나씩 품고 기도처로 유명한 이곳을 오르면서 그들이 흘린 땀과 정성이 돌계단에 켜켜이 쌓여 있을 것이라는 생각이 들었다. 자신보다는 다른 사람을 위해 기도했을 것이니 이 돌계단의 의미는 더욱 준엄해졌다. 우리네 삶은 호올로 선, 혼자만의 삶이 아니라 삶과 삶이 섞여 부딪치고 그러면서 끌어안고, 도도히 흘러간다. 그리고 그 삶과 삶은 눈물겨운 노력과 간절한 기도로 연결되어 있다.

내가 전혀 모르는 선남자 선여인만이 이곳을 걸었겠는가? 아마 내가 아는 많은 사람들도 이곳을 걸었을 것이다. 그중에서 특히 아주 오래전, 이승에서는 다시 볼 길이 없게 된, 나와 아주 가까운 선여인도 비지땀을 흘리면서 매달 한 번씩 이곳으로 왔었다는 사실이 떠올랐다. 한 가지 소원은 들어준다는 소문을 믿고 부지런히 이곳으로 와 정상 갓바위 부처님께 기도를 드린다고 했다. 세상은 노력만 하면 다 된다고 믿었던 철딱서니 없는 아들의 핀잔에도 불구하고 숨 헐떡이며 이 산을 올랐었고, 간절히 기도했다고 했다.

그뿐이겠는가? 그 며느리도 몇 년 전에 시어머니의 전철을 밟듯, 매달 이곳을 올라와 기도했다고 한다. 그러니 어찌 이 등산로가 낯설겠는가! 아마 먼 훗날, 그 며느리의 아들도 필연인 듯 우연인 듯 이곳에 올랐다가 그의 할머니와 어머니가 이 산에 올라 기도했다는 사실을 상기하고는 그 감흥에 문득문득 소름이 돋는 느낌을 받을지도 모른다. 그러니 어찌 숙세(宿世)의 인연이 알알이 맺혀 있는 이 산행길을 잊을 수 있겠는가!

땀을 많이 흘렸다. 정상에 가까워졌는지 사위에 독경 소리 가득했다. 독경 소리는 때로는 정수리 위에서 울려 퍼지다가 때로는 이마 쪽에서 울리기도 했다. 그리고 때로는 왼쪽 귀를 파고드는가 하면 어떤 때는 오른쪽 귀로 파고들었다. 구불구불 돌아가는 등산로의 방향에 따라 독경 소리가 요동치더란 말이다.

약 45분을 걸으니 정상이었다. 정상에는 10여 명의 선남자, 선여인이 방석을 펴고 어떤 이는 절을 하고 어떤 이는 가부좌를 한 채 나직하게 경을 읊조리고 있었다. 나도 방석을 가져다 펼치고 갓바위 부처님께 구배를 했다. 머리 위로는 연등이 많이 매달려 있어 절하는 자리에서는 갓바위 부처님이 보이지 않았다.

참배를 마치고 스테인리스 판 위에 적힌 갓바위 부처님을 소개하는 글을 읽었다.

갓바위 불상은 관봉석조여래좌상으로, 의현대사가 돌아가신 어머니의 넋을 위로하기 위해서 신라 선덕여왕 7년(서기 638년)에 조성했다고 전해진다. 전설에 의하면 의현대사가 이 돌부처를 만드는 동안 밤마다 큰 학이 날아와 그를 지켜 주었다고 한다.

아직은 어둠이 완전히 내려앉지 않아 주위를 둘러보면서 방향을 가늠할 수 있었다. 푸르뎅뎅한 어둠이 깔리고, 그것을 배경으로 너울너울 이 산 저 산의 능선들이 춤추고 있었다. 갓바위 부처님은 남쪽을 바라보고 있어서 남쪽 부산의 불교 신자들에게 특히 영험하다고 소문이 나, 부산 쪽 불교 신자들의 참배가 많다고 한다.

낮살이나 먹어감에 따라 다시는 만날 길 없게 된 그리운 사람들이 점점 많아져, 서정주님의 시처럼 "호수와 같은 그리움"으로 갓바위 부처님을 우러른다. 가슴속에서 물굽이가 일었다.

조 변호사는 비록 시간이 많이 걸리지만 앞갓바위(관암사에서 올라오는 쪽)로 올라와 뒷갓바위(갓바위 불상을 관리하는 선본사 쪽으로 가는 길) 쪽으로 돌아 은해사 쪽으로 내려갈 수 있다고 설명했다.

《곱게 늙은 절집》이라는 책에 은해사 주변에 백흥암, 운부암, 중암암이라는 아름다운 암자들이 많이 있다고 소개된 것을 읽은 기억이 났다. 오는 5월 24일 사월초파일에는 혼자서 꼭 그쪽으로 산행을 하면서 곱게 늙은 절집으로 가봐야겠다는 생각이 들었다.

하산길은 많이 어두워졌다. 늦은 시간인데도 갓바위로 오르는 사람들이 더러 보였다. 등불이 적당한 거리를 두고 설치되어 있어 어두워져도 내려오는 데 아무런 불편이 없었다.

처음 출발했던 곳으로 되돌아왔다. 아쉬움과 그리움이 나직하게 깔리는 산행이었다. 당분간 술을 마실 수 없게 됐다는 조 변호사를 앞에 두고, 식당에서 직접 담궜다는 송이버섯 동동주(간혹 송이의 작은 알갱이가 씹히는데, 향이 아주 좋았다)의 취기가 핏줄을 타고 온몸에 차곡차곡 깔렸다.

사족 1. 《곱게 늙은 절집》이라는 책은 일면식도 없는 부산본부세관 산하 용당세관에 근무하는 관세청 직원이 신문과 내 블로그를 통해 쓴 글을 읽고는 글 읽은 값 대신 내가 읽으면 좋을 듯해서 사 보낸다는 편지와 함께 소포로 보내줬다. 좋은 책이었다. 모르는 사람으로부터 글 값으로 책을 소포로 받으니, 기분이 알싸해졌다.

밍타고 복타시요 잉

요즘 뜨고 있는 개그 프로그램으로 '개그야(Gag 夜)'라는 것이 있다. '사모님' 코너를 나는 즐겨 보았다. 김미려라는 개그우먼이 졸부로 생각되는 사람의 후처쯤으로 보이는 사모님 역을 하고, 젊은 남자 개그맨이 운전기사 역을 한다.

올 1월 1일 신년 첫날밤에 방영된 내용을 내 불확실한 기억으로 얼기설기 엮어서 펼쳐 보이겠다.

이날도 김 기사는 한복을 곱게 차려입은 사모님께서 용인 민속촌으로 가자고 하므로, 그곳으로 사모님을 모시고 간다.

그곳에서 널뛰기하는 사람들을 보고 사모님께서 그들이 널 뛰기를 하던 널판을 가지고 오게 한다. 그리고 그 널판을 놓고 김 기사와 널뛰기를 하려고 널판 양끝에 나란히 서는데 널판이 전혀 움직이지 않는다. 한참을 그렇게 서 있던 김 기사와 사모님은 널뛰기를 포기하고 다시 차에 탄다.

사모님이 정중히 묻는다.

"김 기사, 몸무게가 얼마야?"

"옛, 사모님, 제 몸무게는 69키롭니다."

사모님은 아무런 말이 없다. 널뛰기를 못한 것은 사모님의 몸이 훨씬 무거워서라는 걸 알게 된 사모님은 무안해진다. 무안한 분위기를 바꾸려고 김 기사에게 말한다.

"김 기사, 운전해~."

다시 사모님을 태우고 차를 운전하던 김 기사는 양복 윗호주머니에서 핸드폰을 꺼낸다. 다소곳하고 조용하게 전화를 받던 김 기사는 사모님에게 전화를 건네면서 말을 한다.

"사모님, 회장님이십니다."

핸드폰을 받아 든 사모님은 회장님과 통화하기 전에 좀 더 섹시한 목소리로 전화를 하기 위해 입을 씰룩거리며 입 운동을 하고서는 천천히 통화를 한다.

"회장님~."

느끼하게 회장님을 부르던 사모님은 진지하게 듣더니 화들짝 놀란 표정으로 이렇게 말한다.

"네에? 회장님! 정해년이 행복해야 한다고요?"

화가 난 표정으로 핸드폰에 대고 사모님이 앙칼지게 말을 한다.

"회장님, 회장님께서 이러실 수 있어요?"

화를 내면서 사모님은 핸드폰을 탁 끊고 난 후 김 기사에게 말한다.

"김 기사, 정해년이 누구야? 회장님이 정해년과 사귀고 있는 거야? 정해년하고 바람난 거야? 응?"

김 기사는 어이가 없어한다.

"그게 아니라, 정해년은……."

"아니, 김 기사! 김 기사도 정해년을 알고 있어? 알고 있으면서도 나한테 한마디도 안 했단 말이야? 똑같은 사람이구만!"

"사모님, 그게 아니고, 올해를 정해년이라고 부릅니다."

김 기사의 말을 듣던 사모님은 너무 미안하고 쑥스러워서 창밖을 한참 내다보더니 한마디한다.

"김 기사, 운전해~. 어서~."

내가 실없는 코미디 이야기를 하는 것은 말이란 전달되는 과정에서 큰 오해를 낳기도 하지만, 말 가운데서 큰 깨달음을 얻을 수도 있다는 말을 하고 싶어서다.

정해년이 밝고 즐거운 마음으로 첫 출근을 했다. 우리 청 여직원들과 엘리베이터를 함께 탔는데 그중에 나와 전에도 같이 근무한 적이 있는 여직원이 인사를 했다.

"부장님, 복 많이 받으세요."

"아이고, 고맙습니다. 올 한해도 복 많이 짓고 행복하세요. 저야 넘치고 넘치도록 받은 게 복인데, 더 받아도 될런지 모르겠소."

"아, 맞아요. 부장님이야 복을 넘치고 넘치게 받았지요. 그래도 신경 써야 할 복은 건강 복이니, 건강 복 많이 많이 받으시기 바랍니다!"

나는 평소 내가 복을 많이 탔다고 생각하지 않고 있었기 때문에 건성으로 그 여직원의 덕담에 대해 복이 넘치고 넘친다고 받긴 했지만, 내 속마음도 모르고 그는 내가 복이 넘치고 넘친다고 말했다. 그런데 그 말을 듣는 순간, 인사치레일망정 "그래도 복 더 많이 받으세요."라고 말해야 하는 것이 아닌가 하는 생각을 했다.

그 인사말이 화두처럼 내 머릿속을 헤집었다. 사무실 안에 들어와 커피를 마시면서 곰곰이 생각하니 내가 넘치고 넘치게 복을 받았다는 말이 맞았다. 나쯤 되면 복 많이 받은 사람 아니겠는가? 그런데도, 그 많은 복을 받고도 복을 많이 받지 못했다고 생각하는 마음의 행로는 도대체 어디에서 출발했을까?

불가에 "호설, 편편불락처(好雪, 片片不落處)"라는 말이 있다. 뜻을 풀어본다면 "눈이여, 좋구나, 한 송이 한 송이 떨어지지 않는 곳이 없도다."라는 뜻이다. 눈은 논과 밭에도, 들판에도, 나뭇잎에도 고루고루 내린다. 논이 예쁘다고 논에 많이 내리고 밭이 밉다고 밭에 덜 내리지 않는다. 들판이 예쁘다고 들판에 많이 내리고 나뭇잎이 밉다고 나뭇잎에 덜 내리지 않는다.

80

일맥상통하다고 생각되는데, 성경 말씀에도 그런 말이 있다고 한다. 태양은 착한 사람이나 악한 사람 모두에게 다 떠오른다는.

모두에게 공평하게 태양은 내리쬐고 두루두루 눈이 내리는 것처럼 살아 있는 생명 모두가 복 받은 것일 터인데 왜 나만 복을 못 받았다고 생각하며, 왜 어려움은 나만 겪고 다른 사람은 덜 어렵다고 생각할까? 고개 한번 돌리면 서 있는 그 자리가 극락이고 푸른 풀밭이며 청산인데 극락이나 푸른 풀밭, 청산에 살고 있다는 것을 알지 못하고, 욕심 많게도 더 높은 곳에 서길 바라고, 더 낫기를 바라고, 더 많이 가지기를 바랄까?

그건 바로 내가 인생에서 끝없이 욕심내고 있으며〔貪〕, 욕심이 채워지지 않는다고 화를 내며〔瞋〕, 그리하여 참으로 어리석게 살고 있는〔癡〕 소위 삼독(三毒)에 빠져 본래 면목을 잃고 허우적거리고 있기 때문이 아니겠는가!

내가 무심코 했던 그 한마디를 받아 되돌려줌으로써 나의 뒷통수를 세게 쳐 번뇌와 망상에서 깨어나 오늘 현재에 충실하라고 그 여직원은 가르쳐주었다. 고맙고도 고마운 일이다.

내가 초등학교 때 여름방학이나 겨울방학을 맞아 고향 큰 집에 들르면 친할머니께옵서 항상 말씀하셨다. 오늘따라 돌아가신 지 오래인 할머니의 그 말씀이 사무치게 그립다.

"밍(命) 타고, 복 타소 잉."

나는 정말 밍 타고, 복 탄 사람이다. 이 글을 읽는 모든 분들, 부디 '밍 타고 복 타시요, 잉.'

緣 _연

세월은 가네

붉은 ... ... 전여

지나가네

인연

〈풍교야박(楓橋夜泊)〉이라는 시를 들어보았는가? 〈풍교야박〉은 당나라 때 장계(張繼)라는 시인이 과거시험을 보러 갔다가 세 번째 고배를 마시고 야항선(夜港船)을 타고 고향으로 돌아오다가 그가 탄 배가 풍교에 머물렀을 때 한산사의 종소리를 듣고 쓴 시다.

달은 지고 까마귀 울어댈 제 하늘에 서리 가득한데
강가의 단풍과 고깃배 등불을 시름에 젖어 바라본다

고소성 밖 한산사의

한밤중 종소리가 나그네 배까지 들려오네

月落烏啼霜滿天 江楓漁火對愁眠 姑蘇城外寒山寺 夜半鐘聲到客船

첫 구에서는 달은 지고〔月落〕, 까마귀는 울며〔烏啼〕, 서리는 하늘에 가득한〔霜滿天〕 가을밤의 적막하고 서늘한 분위기를 그려내, 경관을 광대하게 표현한다.

첫 구의 광대한 경관은 둘째 구에 와서는 강가의 단풍나무와 강 위의 고기잡이 배의 등불이라는 구체적이고 축소된 공간으로 좁혀지고, 가을밤이라는 어두움과 배의 등불이라는 밝음이 교차하는 상이한 밤 풍경을 묘사한다.

그리고 셋째 구, 넷째 구에서는 아름다운 밤 풍경을 시름에 겨워하며 바라보고 있는 나그네의 야항선에 고소성 밖에 있던 한산사에서 울리는 한밤중의 종소리〔夜半鐘聲〕가 들려온다고 노래한다.

'밤', '까마귀 울음소리', '찬 서리' 같은 표현이 우울과 수심, 절망과 비탄을 상징한다. 그래도 수심에 찬 시인을 깨우는 것은 유일한 밝음인 고깃배의 등불과 한산사의 종소리가 아닐까 싶어진다.

고향 여수에 들른 김에 정말 오랜만에 구봉산 중턱에 있는 한산사를 찾았다. 이 절은 고려시대 보조국사 지눌이 창건한 절이고, 임진왜란 때는 수군과 승군이 주둔했던 호국사찰이다. 한산사에서 해질녘에 여수항 쪽으로 울려 퍼지는 종소리를 한산모종(寒山暮鐘)이라고 하여, 여수 8경 중의 3경이라고 할 만큼 아름다운 곳이다.

아름다운 한산사와 나는 인연이 깊다. 대학 3학년이던 1979년 겨울, 약 4개월간 고시공부를 한다고 한산사에 칩거한 적이 있었다. 나는 그해 3월, 사법시험 1차에 떨어지고 발표 난 그날 처음으로 늦깎이처럼 술과 담배를 배웠다. 그리고 겨울방학이 될 때까지 전혀 법률 서적은 쳐다보지도 않고 역촌동 자취방과 중구 필동에 있던 대학교 주변에서 매일 술에 절어 세월을 탕진했다.

뒤늦게 다시 정신을 차리고 보니 1년 가까운 시간을 허송세월했다는 생각에 정신을 차리고 한산사로 들어왔던 것이다. 그 절에서 고시공부하던 형부를 위해 방을 구하러 온 아내와 처형을 처음 만났다. 아내와 눈이 맞아 몇 해 후 우리는 결혼을 했다. 그리고 그 절에서 나름대로 열심히 한 덕분이 있었는지 사법시험에 합격했고 현재 검사로 근무하고 있으니 인연이 깊다고 하는 것이 빈말이 아닐 것이다.

황톳길, 푸석푸석 흙먼지 날리며 멀리 산 아래에서 걸어 올라와 절 바로 밑에서 돌계단을 따라 오르곤 했던 그 절이 이제는 절까지 포장도로가 나 있었고 절 안에는 자동차도 한 대 주차해 있었다. 내가 공부하던 방 세 칸이 있던 돌로 된 건물은 헐렸는지, 아담한 방 두 칸짜리 건물로 바뀌어 있었다.

아담한 대웅전 역시 헐어내고 옛 대웅전 터 뒤 쪽에 새로운 대웅전이 날렵하고 큼지막하게 지어져 날개를 펴고 있었는데, 마치 여수 항구를 내려다보면서 독수리처럼 날개를 펼치고 발톱은 대지를 움켜쥔 것처럼 자리하고 있었다. 대웅전 좌측에는 칠성각이, 우측에는 여수라는 도시가 항구이고 선원들이 많아서인지 용왕각이 각각 시립하듯 세워져 있고, 절 입구 쪽에는 범종루도 있어 참으로 그동안 많은 불사가 있었구나 짐작됐다. 그런데 크고 널찍하게 자리 잡은 현재의 한산사보다는 아담했던 과거의 한산사가 더 정겨웠다는 생각이 들었다.

뒷산이 구봉산이므로 구봉사라든지 해야 할 것 같은데 왜 한산사라고 했을까? 내 개인적인 추측이지만 여수의 한산사는 중국 소주의 한산사를 염두에 두고 절 이름을 지었던 것이 아닐까! 왜냐하면 앞서 〈풍교야박〉이라는 시에도 나오듯 소주 한산사는 고소성 밖에 있다고 하는데, 여수에도 고소동이 있고 고소대가 있으니 중국 소주 한산사를 본뜬 것이 아닐까 추측해 보는 것이 아주 엉뚱한 생각 같지는 않다.

중국 천태산 당홍현 서쪽 칠십리 한암이라는 곳에 은거했던 한산(寒山)이라는 시인의 이름에서 따온 것이 아닐까 생각되기도 한다. 한산이라는 시인은 기이한 행각을 펼친 사람이라고 하는데 후세에는 문수보살의 재현이라고 평하는 사람도 있다고 한다. 그는 약 300여 편의 시를 남겼다.《한산시》라는 그의 시집에는 습득, 풍간이라는 사람들의 시가 실려 있기에 그 시집을 삼은시집(三隱詩集)이라고 부르기도 한다. 우리나라에도 이 시집이 김달진님이 역주하고 세계사라는 출판사에서 1989년도에 발간됐다. 이번에 여수에 갔다가 돌아와 서가에 꽂혀 있던 그 시집을 꺼내 읽어보니, 왜 그랬는지 기억은 없지만 다음과 같은 시에 밑줄이 그어져 있었다.

사람이 있어 한산길을 묻는구나

그러나 한산에는 길이 통하지 않네

한여름에도 얼음이 녹지 않고

해는 떠올라도 안개만 자욱하네

나 같으면 어떻게도 갈 수 있지만

내 마음 그대 마음 같지가 않네

만일 그대 마음이 내 마음과 같다면

어느덧 그 산속에 이르리라

人間寒山道 寒山路不通 夏天氷未釋 日出霧朦朧 似我他由屆 與君心不

同 君心若似我 還得到其中

한산사 대웅전으로 들어가 참배를 하고 나와 대웅전을 한
바퀴 돌았다. 법당 벽화로 〈심우도(尋牛圖)〉가 그려져 있었다.
심우도는 십우도라고도 하는데, 송나라 때 곽암사원 스님 작
품이 가장 유명하다고 한다. 법당에 그려진 심우도의 내용을
요약하면 이러하다.

제1단계, 소를 찾아 나선다는 심우(尋牛), 제2단계, 소의
발자욱을 본다는 견적(見跡), 제3단계, 소를 본다는 견우(見

牛), 제4단계, 소를 잡아서 고삐를 쥔다는 득우(得牛), 제5단계, 소를 길들인다는 목우(牧牛), 제6단계, 소를 타고 집으로 온다는 기우귀가(騎牛歸家), 제7단계, 소는 없고 사람만 남는다는 망우재인(忘牛在人), 제8단계, 소도 사람도 없다는 인우구망(人牛俱忘), 제9단계, 본래의 나로 돌아온다는 반본환원(返本還源), 제10단계, 세상에 나아가 중생을 제도한다는 입전수수(入廛垂手)라 하여 선 수행의 단계를 그림으로 묘사하고 있었다.

대웅전 계단을 올라와 한 바퀴 돌고 다시 계단에 서니 조금 전의 나와 지금의 나는 어떤 차이가 있는 걸까? 소를 찾아 한 바퀴 돌아 본래의 나로 돌아오는데, 그 옛날의 나와 소와 함께 했던 지금의 나는 무슨 차이가 있을까! 세상으로 나아가 중생을 제도할 수 있는 입전수수할 능력이 있느냐 없느냐에 달려 있는 것일까! 여기서 소란 성불한다는 목표일 수도 있고, 깨달음을 구하기 위한 방편인 화두일 수도 있을 것이다.

대웅전 앞에서 절 마당을 내려다보다가 너무 달라진 절을 보니 공부할 때 쌓인 추억이 주마등처럼 지나갔다. 신도들이 49제를 지낼 때면 제를 지낸 다음 제물로 쓰던 음식물이 많아 간식거리가 푸짐해서 좋았던 기억은 봄날 따뜻한 햇살처럼 포근하게 되살아났다.

그리고 나보다 나이가 위였지만 절집에서 컸던, 새벽 예불 때마다 약간 쉬고 갈라진 듯하며 어눌하고 서러운 목소리로 절간 여기저기를 다니면서 천수경을 낭송했던, 부목이기도 하고 스님이기도 했던 바보 스님에 대한 기억은 여기저기 쌓인 기와에 페인트로 하얗게 쓴 보시자의 이름처럼 선명했다. 새벽까지 불을 밝히고 공부를 하다가 잠을 청하고 누워 있으면 바보 스님의 커졌다 작아졌다 잦아들었다가 바로 창문 밑에서 들리는 것 같기도 했던 독경 소리가 피곤한 내 육신의 여기저기를 헤집고 다니는 듯했다. 그때 정신은 물먹은 솜처럼 무거워 천 길 낭떠러지로 천천히 꺼져 내려가듯 잠에 빠져들곤 했다.

그뿐이겠는가! 간혹 여수 시내로 내려가 밤늦게 절로 돌아오면서 멀고도 먼 귀가길, 가게마다 들려 막걸리를 마시고 절에 도착했을 때쯤이면 술에 취해 혀 꼬부라진 소리를 했던 기억은 틉틉한 막걸리 맛처럼 되살아났다. 그런데 모든 것이 다 변하고 이제 온전히 남아 있는 것은 헌걸차게 절을 호위하듯 서 있는 소나무, 떡갈나무, 느티나무와 같은 무성해서 시퍼렇기까지 한 여름의 나무와 그 옛날 대웅전 앞에 콸콸 용솟음치던 약수물뿐인 것 같았다. 무상하다는 생각이 머릿속을 헤집고 다녔다.

작은 바가지로 물을 한잔 떠 마시고 종무소 안을 기웃거리니 젊은 스님 한 분이 앉은 채로 책상에 얼굴을 묻고 낮잠을 자고 있었다.

참배객 하나 없어 너무나 조용한 절이, 이제는 내 곁에 없는 많은 사람들에 대한 추억이 나를 외롭게 했다. 일주일에 한 번씩 절간으로 간식거리와 갈아입을 옷을 가지고 오시던, 돌아가신 어머니는 어디쯤 계시는 것일까!

그리고 그 당시 서울대 미학과를 나왔다고 했던, 당시 주지셨던 해안스님은 어디에서 주석하고 계실까! 바람결에 들려 오기로는 파주의 어느 절 주지로 계시더라는 이야기를 들었지만······.

인하대학교 공대를 다니면서 잠시 쉬러 와 매일 잠만 잤던 고향 중학교 선배들은 모두 다 어디로 갔을까! 켜켜이 쌓인

추억을 되새김질하고 절을 떠나려니 무상함만 남아 아득해
졌다.

　절을 벗어나 가파르게 경사진 포장도로를 따라 걸어 내려
오면서 곳곳에 서린 추억에 잠기는 내가 이제 낫살깨나 먹은
모양이라는 생각이 들어 쓸쓸하기도 했다.

한 해가 저무는
대학 교정에서

지난 12월 1일, 같은 옷을 입은 사람이 하나도 없다고
해도 과언이 아닐 만큼 개성이 넘치는 곳, 자유와 지성과 청춘
이 버물어져 있는 대학교에 다녀왔다. 바로 경희대학교였다.

까닭은, 얼마 전까지 대전지검에서 전문부장검사로 재직
하시다가 이제는 경희대학교 법과대학의 교수로 계신 정진
섭 선배께서 사회과학대학 학생들을 상대로 특강을 해달라
고 요청했기 때문이다.

그분은 법과대학뿐 아니라 사회과학대학 학생들에게 교양

과목으로 법학개론을 강의하고 있었다. 호기심 때문이기도 하고, 오랜 검사 생활을 접고 대학으로 가는 검사들이 속출하는 때에 배를 바꿔 탄 선배의 근황이 궁금하기도 해, 승낙했다.

그래도 현직 검사가, 법학도가 아닌 사회과학도를 상대로 특정한 주제 없이 이야기를 한다는 것이 부담스러워, 그동안 쓴 글을 토대로 한 장짜리 강의 초안을 만들어 학교로 갔다.

정진섭 선배의 법학개론 강의 중간에 도착한 나는 강의실로 들어가 그분의 강의를 들었다. 검사로 재직할 때 지적재산권 분야의 권위자였고, 그 분야에 대한 연구를 많이 했던 분이어서인지 법학으로 접근하는 통로를 알기 쉽게, 때론 전문적인 지식을 과시하면서 학생들을 가르쳤다. 열강이었다.

선배는 복장부터 달라져 있는 등, 검사물은 거의 다 빠지고, 이제는 훈장물이 적당히 배어 있었다. 강의에 지각한 학생들을 나무라기도 하면서…….

1학년부터 4학년까지 섞여 있는 남, 여학생들을 상대로 10시 반부터 내 강의를 시작했다. 왜 하필이면 내가 초청을 받았을까 하는 궁금증도 강의 초반에 풀렸다. 그 까닭은 대법원장이 "검사조서는 던져버려라, 변호사는 고객을 속이는 사람이다."라는 극단으로 치닫는 직역이기주의 발언과 저게 진짜 대법원장쯤 되신 분이 한 말씀일까 할 정도로 거친 표현이 문제가 되었을 당시, 내가 검사 게시판에 쓴 글을 인용하여 동아일보에서 짤막하게 실은 글 때문이었다.

즉 학생들에게 공판중심주의에 대해서 리포트를 작성해 오라고 했더니 어느 여학생이 내가 찍은 사진까지 인터넷에서 따 와 내 블로그에 들어 있는 글의 요지를 정리하여 보고서를 제출했다고 한다. 그래서 현직에 있는 검사를 초청해서, 검사라는 사람들이 무엇을 생각하는지에 관해 이야기를 들어보자고 논의를 한 끝에 나를 초청했다는 것이다.

리포트를 작성한 그 여대생이 자신이 만든 보고서를 화면을 통해 보여주고서 간단히 설명까지 했다. 나는 그 학생의 설명을 들으면서 법과대학생도 아닌 학생이 자료와 정보를 정리하여 한 편의 훌륭한 보고서를 작성한 것을 보고 참으로 무서운 세상이라는 생각이 들었다. 지금 우리는 인터넷이라는 바다에 속칭 물 반, 고기 반으로 널려 있는 정보를 취합하여 새롭게 배치함으로써 기존의 것과 전혀 다른 새로운 정보를 보여주는 세상에 살고 있다. 그러한 사실이 새삼 경이로웠다.

없던 것을 새롭게 만들어내는 창조라는 것은 신만이 할 수 있는 일이고 인간에게 창조란 기존에 이미 나와 있던 수많은 정보들을 새롭게 나열하고 분석하여 보여주는 정도가 아닐까 하는 생각도 들었다.

나의 신변잡사 그리고 경희대 하면 생각나는 것, 즉 소설가 한수산과 한의대 등등을 나열하면서 말문을 열었다. 그리고 본론으로 사회과학의 핵심은 결국 사람과 사람 사이의 문제를 다루는 것이라고 봐도 무방할 것이므로 사람에 대해서 잘 알아야 하고, 사람은 아무리 하찮아 보여도 정말 하찮은 사람은 없다는 것을 책과 역사, 내가 겪은 일들을 예화로 들면서 빛나는 청춘 시절에 해야 할 일들을 차례로 설명해 주었다.

딱딱하고 재미없는 강의였을 텐데, 현직 검사가 하는 이야기여서인지 간혹 웃어주기도 하는 가운데 진지하게 듣는 것 같았다.

한 시간 반이라는 시간이 훌쩍 지나갔다. 강의를 마치고 몇몇 여학생이 내게 오더니만 불쑥 종이를 내밀었다. 사인을 해달라는 것이었다. 좀 황당했지만, 젊은 세대들의 새로운 문화려니 싶어서 사인을 해줬다. 날 연예인으로 생각한 걸까? 너무 가볍게 강의를 해서 검사라는 사람들의 이미지를 잘못 전달한 것은 아닐까 생각하니, 조금 찜찜했다.

정진섭 선배의 연구실로 갔다. 법과대학 교수연구실 복도를 지나다 보니 검찰 선배들의 이름이 교수 명패로 바뀌어 있었다. 신만성, 김주덕 선배의 이름도 보였다.

정 선배의 자그마한 연구실에서 마음 공부에 대한 여러 권의 책을 선물받고 점심식사를 하기 위해 학교 부근 설렁탕집에 갔다. 많은 학생과 교수들로 붐비는 식당에서 설렁탕으로 점심을 했다.

정 선배는 서울중앙지검에서 전문부장으로, 난 서울고검에서 검사로 근무할 때 다정했던 교우관계를 생각하면서 오랜만에 이런저런 세상살이를 이야기했다. 법원과의 갈등이 시중의 화제가 되었기 때문인지 선배는 친정집인 우리 검찰 걱정을 많이 했다.

이야기 끝에 정 선배는 대학은 연구 기능과 교육 기능이 있다고 말했다. 그중 연구 기능은 학생들을 착취하여 교수가 빛나게 되는 것이고, 교육 기능은 교육자가 자기희생을 통해 학생들을 빛나게 하는 것이라고 했다. 평생 검사만 하다가 오십줄이 넘어 눈도 침침해져 책을 읽거나 쓰기가 어렵게 된 사람은 어쩔 수 없이 연구보다는 교육을 하는 스승이 될 수밖에 없다고 선배는 말했다. 변호사를 하는 것보다는 경제적으로 못하지만 눈 초롱초롱한 젊은 대학생들을 앉혀놓고 스승 노릇하는 것도 기쁠 때가 많다며, 내게도 스승 노릇 해보는 것이 어떠냐고 제안했다. 스승 노릇할 만한 그릇이 못 된다고 손사래를 쳤지만, 새로운 길에서 삶의 의의를 새롭게 하고 있는 선배의 모습이 참 좋아 보였다.

살면서 사람들과 많은 이야기를 나누게 되지만, 참으로 오랜만에 선배로부터 마음에 남는 이야기를 많이 들었다. 그런데 그분이 갖춘 전문지식을 생각할 때 검찰에 오래 남아 더 많은 일을 하길 바라마지 않았던 분이었는데, 그런 분으로부터 퇴직 이후 삶의 자세에 관한 이야기를 듣고 있노라니 왠지 알 수 없지만 마음 한구석에 노을이 짙게 깔리는 느낌이 들었다.

점심을 마치고 다시 대학으로 들어와 위풍당당하게 서 있는, 경희대학교의 상징인 사자상을 뒤로 하고 낙엽이 쌓인 오솔길을 따라 캠퍼스를 거닐었다. 예전에 읊조리곤 하던 기타하라 하쿠슈(北原白秋)의 시 〈세월은 가네〉를 떠올렸다.

세월은 가네. 붉은 증기선의 뱃전이 지나가듯
곡물창고에 번득이는 석양빛,
검은 고양이의 아름다운 귀울림 소리처럼,
세월은 가네. 어느 결엔가, 부드러운 그늘 드리우며 가네.
세월은 가네. 붉은 증기선의 뱃전이 지나가듯.

아마 시인이 바닷가인 후쿠오카 현 야마도 출신이어서 붉은 증기선의 뱃전이 지나가듯 세월은 간다고 표현했을 것이다. 나도 남해안의 섬 출신으로서 수없이 배를 타봤기에 뱃전이 지나가듯 세월이 간다는 의미를 절실하게 느끼고 있고, 세모가 다가오니 더욱 그 의미가 새롭게 다가온다.

더욱이 오늘 수강했던 학생들을 보고 있노라니 내가 대학에 입학했던 그때로부터 벌써 30년이라는 세월이 가뭇없이 사라졌다는 무상감이 엄습했다.

니코스 카잔차키스는 말했다. "끝 모를 심연에서 태어나 끝 모를 심연으로 사라지는 우리들, 그 사이에 빛나는 시간이 인생이다."라고. 그런데 대학 캠퍼스를 빠져나오면서 '과연 인생은 빛나기만 하는 것일까?'라는 생각이 떠오르는 건 무슨 까닭일까?

아마 그건, 대학 건물 사이 양지바른 벤치에 앉아 까르르 웃는 젊은 대학생들의 빛나는 청춘이 가득한 대학 캠퍼스, 그곳의 빛이 환한 만큼 이제는 삶의 반환점을 돌아선 사람이 살면서 보았던 삶의 그늘 혹은 주름이 준 교훈이나 비의(秘意) 때문이 아닐까 싶다.

내겐 살면서 다시는 못 볼 병술년(丙戌年)이 서녘 하늘을 붉게 물들이면서 지고 있다. 한해를 마감하면서 과연 행복했는지 되새김질해 본다.

칼 빼어 물 베어도 물은 다시 흐르고
잔 들어 시름 달래도 시름은 더 깊어지네
인생살이 사는 동안 뜻 같은 일 없었네
내일은 머리 풀고 조각배 타고 떠나리

抽刀斷水水更流 擧杯消愁愁更愁 人生在世不稱意 明日散髮弄扁舟

마음이 어지러울 땐 산행이 제격이다. 심상(心像)에 어울리는 당시(唐詩) 몇 편 적어 윗호주
머니에 넣고, 걷다가 양지바른 곳 만나면 아무렇게나 주저앉아 주절주절 시를 흥얼거리다
가 휘적휘적 걸어보는 것도 좋지 않겠는가. 사해팔황(四海八荒)을 종횡하던 대 시인이자 검
객이었던 이백(李白)도 그 기상이 꺾이자 이런 시를 읊었다.

라꾸라꾸 시스터즈
& 브라더즈

자다가 봉창을 두드리는 것처럼 그룹사운드 이름 같은 '라꾸라꾸 시스터즈 & 브라더즈'라는 제목으로 궁시렁거려보겠다.

인천에서 함께 근무했던 몇몇 검사들이 추석에 올라오면 회포나 풀었으면 좋겠다고 하므로 추석 전 금요일, KTX를 타고 서울로 올라갔다.(솔직히 말해서 광주에서 타는 고속전철은 요금과 시간, 좌석의 불편함에 비춰볼 때 엉터리다.) 그리고 약속한 목동의 어느 카페로 가서 반가운 얼굴들을 만나 술잔을 기울이면서 이런저런 이야기를 나눴다.

　장사가 안 돼서 큰일이라고 하는, 빨간 립스틱을 칠한 카페 여주인의 푸념을 듣기도 하면서 그 자리에 없는 동료 검사들의 흉(?)도 보면서 유쾌한 대화를 나눴다. 함께 만나자고 약속한 검사 중에서 지방에 근무하는 모 검사가 아니 올라온다고 하여 그 까닭을 알아보니 이번 추석 연휴에 그 부 검사들은 3일간 사무실에 나와서 미제 정리를 하기로 했다는 것이었다. 추석 연휴가 월말에 가까워서 그랬을 거라고 짐작을 하면서도 이건 너무하는 것 아닌가 싶었다.

　연휴를 마치고 그 검사와 통화를 했다.

　"미제 많이 정리했는가?"

　"아이구, 두자릿수 미제로 겨우 맞추고 3개월 미제는 허겁지겁 정리했지만 아홉 건이나 남겼습니다. 무성의하게, 사건 떼는 데 급급한 것이 아닌가 싶어서 미안스럽기까지 하고요."

　그러면서 월초 오늘 하루 그래도 한가하게 앉아 있는데 마음은 한가한 것이 아니라고 했다. 3개월 초과 미제도 걱정이고 다가오는 3개월 미제도 걱정이라면서. 여직원도 또 10월에 치를 미제와의 전쟁을 생각하니 답답해하고 있는 중이라고도 했다. 이번 달까지 입안에서 단내가 나도록 열심히 일하고 11월부터는 인간적으로 살고 싶단다.

"추석 명절에 아무리 일이 많기로서니 꼭 그렇게 해야 하는 거야?"

"아이고, 말도 마세요. 밤마다 우리 청 5층 전면 사무실 불이 꺼질 날이 없습니다. 같이 저녁 먹고 야근하다 보면 1시 반이 되는데, 그때가 되면 컵라면 좌담회를 합니다. 밥 총무 바쁩니다."

"왜 검사들 일이 점점 많아지고 있는 거지? 이상한 일 아닌가! 분명히 검사 숫자도 늘고 형사부 검사 업무 경감 방안을 만들어 잡다한 일을 많이 줄여주고 있는데도 내가 보기에는 일이 점점 많아지는 것 같고, 고검에서 보니 수사가 부실한 것도 많던데 도대체 어떻게 된 영문일까?"

"어떻게 된 영문인지 저도 잘 모르겠습니다. 수사하고 공판해야 할 검사들이 다 어디로 숨은 것 같아요. 하여튼 우리 부에는 라꾸라꾸 시스터도 있고 라꾸라꾸 브라더도 있습니다."

"그게 뭔 소린가?"

"우리 부 검사 중에 말석과 수석은 저녁에 야근하다가 잠시 눈 붙이기 위해 침대를 샀는데 라꾸라꾸 침대입니다. 조만간에 저를 비롯한 나머지 검사들도 사게 될 거라고 장담을 하대요. 그래서 자조적으로 서로를 라꾸라꾸 시스터즈와 브라더즈라고 부릅니다."

"허어, 참 웃어야 하나, 울어야 하나!"

그가 근무하는 곳이든지, 내가 근무하는 광주에서든지 언제 만나 회포를 풀었으면 좋겠다는 기약도 할 수 없는 약속을 하고 전화를 끊었다.

이상과 같은 일이 어느 특정한 지역의 어느 특정한 검사만 겪는 일일까? 아마 아닐 것이다. 곳곳에 있는 많은 검사들과 통화를 해보면 이구동성으로 하는 소리가 힘들어 죽겠다는 것이다.

광주에서도 퇴근하고 뒷산 장원봉을 올라갔다가 밤 8시경에 사무실로 돌아오면 그 아름다운 광주 검찰청사 정원을 공원 삼아 인근 동네 사람들이 배드민턴을 하거나 걷기 운동을 하고 있다. 그런데 지검 검사실 여러 곳의 불빛이 휘황찬란한 것을 보면 라꾸라꾸 침대 사건은 어느 특정한 지역에서 어느 특정한 검사가 겪는 일만은 아닐 거라고 짐작이 된다.

웬만한 형사부와 공판부 검사들이 모두 다 겪는 보편적인 일이 아닐까 싶어지는데, 내 생각이 틀리진 않을 것이다.

그 옛날 내가 광주지검 형사 1부장 시절, 어떤 젊은 초임 검사 부인이 검찰청사 앞을 지날 때마다 도대체 저 건물 안에는 무슨 꿀단지가 있어 내 남편은 저 건물 안에 들어가면 나올 줄을 모를까 생각했다는 이야기를 공개적으로 했다. 나와 통화를 한 검사의 라꾸라꾸 시스터즈, 브라더즈 이야기와 그 이야기가 오버랩되면서 그 말이 되새김질되고 새롭게 실감되었다.

너무 많은 검사들이 수사와 공판 등 실제 해야 할 업무에서 벗어나 있는 것은 아닌지, 그리고 욕심 많게도 검사들이 너무 많은 일을 안고 있는 것은 아닌지, 소 잡는 칼을 닭 잡는 데 쓴다는 말이 있듯이 검사가 하지 않아도 충분히 가능한 일을 검사들이 모두 다 하려고 하다 보니 진짜로 해야 할 일은 하지 못하고 있는 것은 아닌지 부질없는 생각이 모락모락 피어오른다.

법무부의 김윤상 검사가 언제까지 경찰과 법원의 틈바구니에서 고군분투할 거냐고 일갈하는 글을 잘 읽었다. 검사는 수사만 하는 것이 아니고 법률 전문가로서 국가의 법률 사무를 취급하는 중요한 일도 해야 한다는 그 말, 정말 맞는 말이다. 법원과 경찰의 틈바구니에서 일에 치이면서도 송치사건 한 건 한 건에 정성을 쏟아 넣을 수 있도록 검사의 재배치 방안을 연구해야 한다는 생각을 해봤다.

'라꾸라꾸 시스터즈 & 브라더즈'라는 우스갯소리로 시작했는데 곁길로 접어들고 말았다. 창밖에 먹장구름이 자욱하게 깔리고 어둠이 무등산 자락을 삼킨다. 그리고 가을비가 추적추적 내린다. 월초인 오늘만큼은 야근하는 검사들 없겠지…….

이별주를 권하며

님에게 이 술잔 권하노니

잔이 넘친다 사양하지 마옵소서

꽃필 때는 바람과 비 많고

사람살이에는 이별이 많으오이다.

勸君金屈巵 滿酌不須辭 花發多風雨 人生足離別

우무릉(于武陵)의 〈권주(勸酒)〉이다. 이별의 시로 어떠한가?
인사철이 되면 다른 청으로 떠나는 사람, 조직을 떠나는 사람 등등 수많은 이별이 교차한다. 그럴 때마다 이별의 시를 한 편씩 찾아 읽어보곤 한다.

작자 우무릉은 810년에 태어나 죽은 해를 알 수 없는 만당(晩唐) 시기의 시인이다. 이름이 업(鄴)이고, 자가 무릉(武陵)으로 서안 사람이다. 처음에 진사가 되었다가 나중에 벼슬을 버리고 유랑했으며 만년에 낙양 남쪽 숭산(嵩山)에 은거했다.

이 시에서 별로 어려운 한자는 없지만 몇 개 살펴보면 '금굴치(金屈巵)'는 금으로 만든 술잔으로서, 구부러진 손잡이가 달려 있는 잔을 의미한다. 그리고 마지막 연에 '족(足)'은 '많다, 충분하다, 넉넉하다.'라는 뜻이다. 여기서는 '많다'로 해석하면 될 것 같다. 앞 연에서 이미 '많다'라는 뜻으로 '다(多)'자를 썼기에 '많다'의 다른 표현인 '족(足)'자를 썼다. 같은 글자를 쓰는 것은 한시에서 금기라고 하는 해설 책자를 읽은 적이 있다.

마음이 가는 대로 시 해설을 해보겠다. 이별을 앞둔 두 사람이 술집에 마주앉아 이별의 아픔과 슬픔을 달래고자 술을 마시고 있다. "잘 가게." 하면서 금굴치 술잔을 권한다. 이별의 아픔, 다시 만날 기약 없는 슬픔 때문에 술잔에 술이 넘치

110

도록 따른다. 내 마음의 정표니 사양치 마시라고 한다. 이 1, 2연은 왕유의 〈안서로 가는 원이를 보내며(送元二使之安西)〉라는 시 중의 "그대에게 술 한 잔을 다시 더 권하노니, 서쪽 양관 나가면 친한 벗도 없으리.(勸君更進一杯酒, 西出陽關無故人)"라는 표현을 생각하게 한다.

그리고 이어서 노래한다. "화발다풍우(花發多風雨), 인생족이별(人生足離別)이라!" 꽃이 활짝 피어나는 계절, 바람과 비가 없어 오랫동안 꽃이 흐드러지게 피어 있으면 얼마나 좋겠는가? 그런데 시샘이나 하듯 그런 시절에는 유난히 바람과 비가 많아 흐드러지게 핀 꽃, 빨리 지게 만든다.

나는 1986년부터 1988년까지 전주지검 군산지청에 근무한 적이 있다. 그때 초봄이 되면 전주, 군산의 국도 상에 벚꽃나무가 줄지어 심어져 있어 봄이 되면 정말 쌀 튀밥을 덕지덕지 나무에 붙여놓은 것처럼 화려했다. 그리고 벌들은 앵앵거리면서 날아다녔다. 약 40킬로미터 되는 국도 양편에 벚꽃이 가지가 부러질 정도로 붙어 있어 장관이었다. 그 무렵이면 전국 곳곳에서 많은 관광객들이 관광버스를 대절하여 벚꽃 구경을 왔다. 국도변에 버스를 주차시키고 자리를 펴고 앉아 군산의 유명한 회를 현지에서 구입해서 먹으면서 술판을 벌인다. 요란하다. 춤을 추고 노래를 부르며 호시절을 즐긴다. 물론 관광버스가 군산 시내에 들어와 시내 곳곳의 횟집을 차지하고 회를 먹고 간다. 벚꽃이 피는 그 짧은 시기에 엄청나게 팔리는 회로 인해 횟집마다 1년 벌이를 그때 다 한다고 들었다. 그 무렵에는 군산 시민들은 회를 먹지 않는 것이 불문율이었다. 군산 시민이 먹으면 외지인들에게 팔아야 할 회가 없어지므로 자제해야 한다는 묵계랄까, 그런 것이 있었다.

그런데 벚꽃이 1주일 정도 피어 있으면 얼마나 좋겠냐만 하늘은 그 화려한 꽃 잔치를 시샘이나 하듯 3일 정도 지나면 비가 추적추적 내리거나 바람이 불어 꽃잎을 떨어뜨린다.

분분히 날리는 벚꽃도 정말 장관이기는 하지만.

벚꽃 피는 시기가 어느 정도 짧으냐에 따라 군산 경제가 좌지우지된다고 해도 과언이 아니다. 정말 무정한 일이다. 꽃이 빨리 질 땐 군산 시민들의 신음소리가 들리는 듯했다. 화발다풍우(花發多風雨)의 뜻을 음미하다 보면 아련히 전군도로의 화려한 벚꽃이 비에 젖어 또는 바람에 흩날려 속절없이 지는 그 정경이 사무치도록 떠오른다. 정말 무상하기도 하고 참혹하기도 했다.

도요토미 히데요시는 일본 전국시대 천하를 제패하고 조선과 전쟁을 하고 있던 중 오사카 인근 벚나무가 울창하게 심어진 산에서 인생의 마지막 벚꽃놀이를 했다. 그는 전국의 모든 다이묘(大名)들로 하여금 벚꽃 만발한 산 곳곳에 각자의 다실(茶室)을 짓게 하고, 뒤늦게 얻은 어린 아들 히데요리를 데리고 여러 번들의 다실을 찾아가 차를 한잔씩 마시며 은근히 후계자인 어린 히데요리에게 충성을 맹세토록 했다.

그즈음 그는 조선과의 전쟁도 교착상태에 빠져 있어 심란했을 뿐 아니라 몸은 노쇠해져 그렇게 오래 살 수 있을 것 같지 않아 불안했을 것이다. 특히 뒤늦게 첩 요도기미를 통해 얻은 어린 자식을 두고 죽어야 하는 히데요시의 마음이 어떠했겠는가? 도쿠가와 이에야스 등 호랑이 같은 다이묘들이 즐비한데 제 명이나 보존할 수 있을지 불안했을 것이다. 아들 히데요리를 위해 여러 가지 계책과 방안을 강구해 두고 있었지만 그래도 불안하기 짝이 없었으리라.

다가오는 인생의 종말에 대한 슬픔과 무상함, 예측할 수 없는 장래에 대한 불안에 번민하던 히데요시, 미천한 신분에서 몸을 일으켜 일세를 풍미하고 영화를 누렸던 히데요시는 이런 시를 읊고 죽는다.

이슬로 떨어지고 이슬로 사라지는 인생이로다
나니와〔浪花〕의 영화는 꿈속의 또 꿈

나니와는 지금의 오사카를 가리킨다. 떨어지고 사라진다는 표현이 꽃잎이 바람에 분분히 날리는 것을 연상케 한다. 그래서 "화발다풍우(花發多風雨)"는 전군도로의 그 화려했던 벚꽃축제를 떠올리게 하고, 동시에 히데요시의 시 "떨어지고 사라진다", "꿈속의 또 꿈"이라는 표현은 생의 마지막에 인생이 참으로 허망하고 또 허망하다고 노래하고 죽은 히데요시의 마음을 생각하게 한다.

그러니 그 다음 연, "인생족이별(人生足離別)"이라는 표현이 더욱 와닿는다. 사람살이에 이별이 없으면 얼마나 좋겠느냐마는……. 사람살이에는 이 이별이라는 장애가 있어 우리를 무상하게 한다.

이 시가 이별의 시로서 멋진 시라고 생각되는 것은 바로 3연과 4연 때문이다. 읽고 또 읽어보니 마음에 애잔한 앙금이 고여오는 것이 느껴진다.

뭇사람들의 애간장을 녹였을(?) 검사장 인사 발표가 났다. 우리 서부지검의 조승식 검사장님께서(그분은 평소 어디로 가도 영전이라고 한다) 인천지검 검사장으로 영전하게 됐다. 내가 광주고검에서 서부지검 전문부장으로 발령이 나 올라올 때 〈비오는 밤 그대에게(夜雨寄北)〉라는 시를 인용하면서 광주를 떠나는 인사말을 검사 게시판에 올린 적이 있다. 그때 검사장님께서는 서부에 먼저 와서 목이 빠지도록 나를 기다린다는 짧은 댓글을 달아주었다. 그 짧은 글 하나가 심난해서 비척비척대고 있던 나를 가뭄에 단비 내리듯 적셔주었더랬다.

그분을 모시고 서부지검에서 근무하는 동안 솔직히 편안했고, 재밌었고, 행복했다. 이제 그분이 떠나가시니 이별의 시로써 잘 가시라는 인사를 대신하고 새로운 임지, 인천에서도 행복하시라는 인사를 드린다.

돌아올 기약을 그대는 묻지만, 아직 그 기약 정할 수 없네요
지금 파산에는 밤비가 내려, 가을 연못에 물 가득 넘칩니다.
어느 때나 서창의 촛불 심지를 그대와 함께 자르면서
파산의 밤비 오는 이때를 돌이켜 다 이야기하게 될까요.

君問歸期未有期 巴山夜雨漲秋池 何當共剪西窓燭 却話巴山夜雨時

내가 두목(杜牧)과 함께 낭만적 시풍 때문에 참으로 좋아하는 만당(晚唐)의 대 시인 이상은
(李商隱)의 시 〈비 오는 밤 그대에게[夜雨寄北]〉이다. 중국 장강삼협(長江三峽)을 여행 가서
이 시를 알게 된 이후 자주 소리 내어 읽어보곤 했다. 시인이 가족과 떨어져 정처없이 떠
도는 와중에, 비 추적추적 내리는 파산(巴山)에 이르러 가족의 품으로 돌아갈 날을 그리며
아내에게 쓴 시라고 한다.

일기일회의 정신

일본 다도를 중흥시킨 센 리큐는 다도정신을 선불교적 용어인 일기일회(一期一會)라 했다. 차 모임의 주인과 손님은 일생에 단 한 번 만날 수도 있으므로 화경청적(和敬淸寂)의 정신으로 만남에 진정을 다해야 한다는 뜻이다.

당시는 전국시대 말기로 다실에 마주 앉은, 사무라이인 주인과 손님이 차를 마신 후 어느 칼날에 목숨을 잃을지 모르기에 이 만남을 최후인 양 정성을 다한다는 생각에서 비롯된 것이리라.

작년부터 혁신의 일환으로 각급 검찰청에서는 직원을 상대로 친절 교육을 하고 있고, 나도 내부 강사의 한 사람으로 강연을 다녔다.

그런데 강연을 다니면서 느낀 것은 실체적 진실을 발견해야 할 책무를 가진 사람이 어떻게 친절할 수 있느냐는 생각이었다.

그러나 경험에 의하면 진실 발견의 가장 강력한 무기가 바로 친절이다. 필자가 젊은 시절, 간혹 출석한 사람이 낮술을 먹었는지 입에서 감냄새를 풍기는 경우가 있었다. 그런 경우 검찰청을 뭘로 알기에 대낮부터 술을 마시고 출석을 하느냐고 꾸짖곤 했다.

그러나 경험이 쌓이고, 낫살이나 먹어가자 검찰청을 우습게 여겨 낮술 마시고 나온 것이 아니라, 출석해서 조사를 받는 것 자체가 떨려, 술 힘이라도 빌려서 간신히 나오는 것이란 걸 알게 됐다.

사실 검사실로 출석하라고 하면 무엇 때문에 출석하라고 하는지 궁금해서 그 까닭을 물어보지만, 되돌아오는 답변은 대개 "별일 아니다. 잠시 시간을 내주면 간단히 조사를 마치겠다."라는 것이다.

물론 수사보안을 지켜야 한다는 속성 때문이지만, 민사법정에서 시시비비를 가려야 할 사건들이 형사사건화되어 검사실이 민사법정이 되는 상황에서 이런 사건까지 수사보안을 이유로 함구하여 불친절하다는 평을 들을 필요 없다.

친절은 아주 가까운 곳에 있다. 어떤 일을 하든지 간에, 시인의 노래처럼 하늘이 사람을 만들었을 땐 필히 쓸모가 있어서였으니(天生我材必有用) 다도의 정신, 즉 마주 앉은 사람은 일생에 단 한 번밖에 만날 수 없는 귀한 사람이라는 그 정신으로 진정을 다하면 되는 것이다.

소동파의
〈강성자(江城子)〉에 부쳐

　　어느 오랜 옛날 어디서인지 사서 읽다가 서가에 꽂아
두었던 누렇게 변색된 책, 임어당님이 쓴 《소동파 평전》을 꺼
내 와 다시 읽고 있다. 순식간에 읽을 책은 아니므로 조금씩
조금씩 머리를 식힐 겸 읽고 있는데, 소동파의 아내가 26세
라는 젊은 나이에 여섯 살 난 아들을 남기고 죽은 대목을 서
술한 부분이 있었다.

　　동파의 처가 죽자 동파의 부친 소순(소순 역시 당송 8대가 중
의 한 사람이다)은 "네 아내는 너를 따라 살다가 네가 성공한 것

을 같이 즐거워하지도 못한 채 죽었으니 그애를 시어머니 곁에 묻어줘라."라고 권유했다. 그래서 소동파는 고향 사천성 서쪽 경계 지역인 아미산 부근 미산진의 어머니 산소 옆에 아내를 묻었다.

그리고 죽은 지 10주기 되던 해 동파는 〈강성자(江城子)〉라는 단사(短詞)를 지어 그녀에 대한 애달픈 심정을 표현했다.

한 사람은 살고 한 사람은 죽어 십 년이나 헤어져 있었네.

생각지 않으려 하나 잊을 수가 없구나.

천 리 멀리 떨어진 그대 무덤을 찾아가지 못하나.

어디서든 그대와 속삭이며, 내 그리움을 읊조리네.

그대와 다시 만난다 하더라도

내 얼굴은 시름 가득 차 있고, 살짝이 희끗희끗하여 알아보지 못하리.

지난 밤 꿈에 난 홀연 고향에 돌아와 있었네.

그대는 창가 그 화장대에 앉아 있었고,

서로 바라볼 뿐 말이 없었네

불빛 아래 그대의 두 눈엔 눈물 흐르고 있었지.

해마다 나를 애끓게 하던 데가 어딘지 비로소 알겠네,
달 밝은 밤의, 다복솔이 서 있는 작은 산등성이었네.

十年 生死 兩茫茫 不思量 自難忘 千里孤墳 無處 話凄凉 縱使 相逢 應
不識 塵滿面 鬢如霜 夜來 幽夢 忽還鄉 小軒窓 正梳粧 相顧 無言 惟有
淚千行 料得 年年 斷腸處 明月夜 短松崗

난 소동파를 왕안석과 신법당, 구법당으로 나뉘어 정치투
쟁을 하면서 파란과 곡절 많아 매몰찬 사람이 아니었을까 지
레짐작하고 있었는데 이 단사 한 편을 소리 내어 읽으면서
그가 참으로 정이 깊은 사람이라는 것을 느꼈다.

천 리 먼 곳, 다시는 가보지 못한, 다복솔이 서 있는 작은
산등성이에 묻고 온 아내에 대한 그리움을 눈물 뚝뚝 떨어질
만큼 진솔하게 표현했다. 가락이 사라졌다고 하는데, 그 가
락도 심금을 울렸을 것 같다.

오늘, 퇴근하자마자 청사 뒤편 장원봉에 올라갔다. 인적
끊긴 어두운 길을 천천히 오르는데 군데군데 풀 말라 봉분을
여지없이 드러낸 무덤 곁을 지났다. 그래도 봉분 주변이 정
리가 되어 있는 것을 보면 지금도 후손들이 관리하고 있는

묘구나 느껴졌다.

정상에 올라 벤치에 앉아 잠시 쉬면서 발아래 펼쳐진 루비와 사파이어, 그리고 다이아몬드를 한 움큼씩 뿌려놓은 듯 아름다운 빛고을 광주의 야경을 구경했다. 해 저문 지 오래여서 캄캄한 무등산 자락이 그 등성이를 선명하게 드러내고 있는 동녘 하늘에는 별 몇 개가 파르르 떨며 빛나는데, 추위에 지쳐 파랗게 질린 듯한 서녘 하늘에는 솜털을 뭉쳐 붙여놓은 듯한 구름이 몇 점 흐르고 있었다.

추위에 오그라들어 더욱 응축된 듯한 초생달이 영롱하고, 예리한 칼날로 구름을 베고 흩뜨리며 흘러가고 있었다. 그 모습 참으로 아름다웠다.

이윽고 자리를 털고 일어나 능선 길을 따라 플래시를 비추며 하산했다. 약 20분 동안 이 생각 저 생각을 하면서 지산유원지 쪽으로 빠지는 깨재 산등성이에 도착하니 그곳에도 몇 구의 무덤이 있었다. 다른 때도 그곳에 있던 무덤들인데 유달리 눈길을 끌었다.

광주의 휘황한 야경이 다복솔이 서 있는 작은 산등성이로 미끄러지듯 들어와 환하게 밝히고 있는 그곳에 도착하자마자, 그 풍광에 나도 모르게 털썩 주저앉았다. 소동파의 〈강성자〉 중 "해마다 나를 애끓게 하는 데가 어딘지 비로소 알겠네, 달 밝은 밤의, 다복솔이 서 있는 작은 산등성이였네."라는 구절에 뼈가 시렸다.

이제는 다시 볼 수 없게 되었고, 꿈속에 만나도 서로 말을 주고받을 수 없게 된 사무치게 그리운 사람들의 얼굴이 주마등처럼 스쳐갔다.

아, 볼 수 없게 된 사람은 다시 볼 수 없으므로 언제라도 볼 수 있는 그리운 사람은 언제든지 자리를 털고 일어나 만나러 가야겠다고 다짐했다.

遊

"내 앞에 길은 없다,

내 뒤에 길은 생긴다."

아들과 함께 지리산에 올라

첫 · 번 · 째 · 이 · 야 · 기

어떤 방송 프로그램에서 요즘 시중에 뜨고 있다는
어떤 여자 강사가 한 강연 내용이다.

그녀의 남편은 참 과묵하고, 감정표현을 잘 하지 않는 사
람이었다고 한다. 그런데 그녀의 시아버지가 돌아가시자 평
소에는 그렇게 과묵하고 감정표현도 않던 남편이 상청에서
계속 슬피 울더란다. 잘 알아듣기 어려웠지만 "민물낚시, 민
물낚시"라는 말을 계속 중얼거리면서 울더라는 것이다. 초상
을 모두 치른 다음 남편에게 물었다.

"민물낚시, 민물낚시 하던데 그게 무슨 뜻이에요?"

그러자 남편은 쑥스러워하면서 이렇게 대답하더란다.

"사실 얼마 전 일요일에 아버지께서 날 보고 민물낚시나 가자고 했거든. 당신도 알다시피 아버지는 민물낚시 광이잖아."

"그런데 그게 왜 서럽게 울게 만든 거예요?"

"그때 난 별로 바쁜 일도 없으면서 피곤하다는 핑계로 아버지 혼자 가시라고 거절했거든. 그런데 막상 아버지가 돌아가시고 보니 그때 아버지 모시고 민물낚시를 갔더라면 좋았을 텐데……. 막 후회가 되고, 내가 안 간다고 했을 때 아버지가 얼마나 섭섭했을까 생각하니 자꾸 눈물이 나더군. 그 일 때문에 나도 모르게 중얼거리면서 울게 됐어!"

나는 TV를 통해서 그 강연을 들으면서 웃음이 나오기도 하고, 상청에서 우는 사람은 제 서러움에 운다는 말이 저런 뜻이었구나 싶기도 해 오랫동안 여운이 남았다.

올해도 매년 그러하듯 여름휴가를 맞아 보약 한 첩 먹는 셈 치고 지리산 종주 산행을 한 후 고향으로 가기로 마음먹었다. 그런데 이번에는 육군 방공포 부대에 복무하다가 막 제대하여 복학한 아들 녀석과 함께 산행을 하는 것도 괜찮겠다는 생각이 불현듯 들었다. 그래서 그 녀석에게 지리산 종주 산행을 하자고 제안했더니 아들은 단호하게 거절했다. 하여 나는 그 강의 내용을 아들에게 들려주었다. 그리고 덧붙였다.

"만약에 네가 이번 등산에 따라가지 않으면 넌 정말 후회할 거다. 후제 나가 죽고 나면 등산을 따라가지 못한 것이 한으로 남아 '지리산 종주, 지리산 종주' 험시롱 울 테니까 말이다."

"에이, 아부지가 조만간 돌아가실 리도 없고, 전 그런 것에 후회하지 않습니다."

나는 조금 섭섭했다. 그럼 할 수 없지 뭐, 하며 체념하고 올해는 혼자 지리산으로 가야겠구나 생각하면서 여름휴가가 오기를 기다렸다.

그런데 갑자기 아들 녀석은 생각이 바뀌었는지 지리산 종주에 따라가겠다고 했다. 나는 "정말?" 하면서 아들에게 "지리산 종주, 지리산 종주 하면서 울지 않으려고 그러는 모양이지?"라고 농을 쳤다. 아들은 아버지 혼자 가는 것이 걱정되어서 따라가겠다는 것이지 "지리산 종주, 지리산 종주" 하면서 울지 않으려고 따라가는 것은 아니라고 했지만, 내가 한 이야기가 가슴에 남아 따라오기로 결심했구나 싶었다.

7월 30일 오후 3시 당일치기로 중산리를 출발하여 천왕봉에서부터 노고단 아래 성삼재까지 소종주를 한다는 생각을 하고, 등산 배낭을 최소의 무게로 만들고 아들과 무작정 남부터미널로 갔다. 인터넷으로 검색한 결과 지리산 중산리로 천왕봉을 오르려면 산청읍으로 가야 하고, 산청으로 가는 버스는 남부터미널에 있다는 것을 알았기 때문이다.

도착하고 보니 산청으로 가는 우등 고속버스는 오후 5시 40분에 출발한다고 했다. 시간이 너무 많이 남아 어떻게 시간을 보내나 걱정하다가 일단 버스 터미널 옆 한식당에서 갈비탕으로 늦은 점심을 먹고, 예술의전당 한가람미술관으로 터벅터벅 걸어갔다. 그곳에서 '인상파 거장 전시회'를 하고 있으니 한번 관람해 보라고 하던, 내가 근무하는 서부지검의 이승구 검사장님의 권유가 생각났던 것이다. 그런데 관람객이 너무 많아 제대로 감상이 될 것 같지 않아 다음 기회로 미루고, 시원하게 냉방되는 그곳에서 빈둥거리다가 5시 40분 마침내 산청으로 출발했다.

버스 안에서 계속 졸다가 저녁 8시 50분쯤 산청에 도착했다. 산청읍에서 시천면 중산리로 가는 버스편에 대해 잘 알지 못해 택시를 탔다. 택시 기사는 여름철에는 경호강에 래프팅하러 오는 사람들이 상당히 많다고 했다. 중산리에 도착하니 택시 요금이 무려 4만 2000원이나 나왔다. 교통편을 잘 몰라 너무 비싼 값을 치른 것 같았다.

중산리 매표소 입구 쪽 민박 겸 식당에 숙박을 할 수 있는지 물어보니 예상과 달리 모두 방이 차 있었다. 할 수 없이 10분 가량 걸어 내려가 민박집 방 한 칸을 2만 원에 구해 짐을 풀고 땀을 씻었다.

너무 더워서 잠이 오지 않고, 내일 지리산 당일치기 종주를 한답시고 나섰지만 그동안 몸을 돌보지 않은 것이 걱정도 되었다. 물론 버스 안에서 잠만 자다가 왔기 때문이기도 했겠지만……. 아들도 처음에는 엎치락, 뒤치락 하더니만 곯아떨어졌다.

잠은 오지 않고, 오히려 정신이 말똥말똥해져서 밖으로 나갔다. 평상에 앉아 찬란하게 빛나는 뭇별을 우러렀다. 정말 셀 수 없을 만큼 많은 별들이 마치 금가루를 뿌려놓은 듯했다. 반짝이는 모습은 별들이 눈물 그렁그렁 머금고 있다고 표현해도 될 듯 싶었다.

　긴 밤을 꼬박 뜬 눈으로 보내고, 7월 31일 새벽 3시에 자리를 털고 일어났다. 주섬주섬 짐을 꾸리고, 천천히 중산리 매표소 쪽으로 갔다. 별들은 아직도 쏟아져 내릴 듯 찬란했다. 새벽 등산객을 상대로 음식을 파는 식당에서 시래기국밥을 사 먹고, 수통에 물을 채운 다음, 드디어 새벽 4시 매표소를 통과했다.

　초장부터 잠을 자지 못해서인지 몸 관리를 안 해서인지 몸이 천근만근이나 된 듯 무거웠다. 칼바위로 가는 길은 그렇게 힘든 길이 아님에도 땀이 비오듯 흐르기 시작했다. 군대에서 제대한 지 얼마 되지 않은 아들은 앞장서서 잘도 걸었다. 밤길에는 앞 사람과 적당한 거리를 두고 방향을 가늠하며 따라가야 하기 때문에 가급적 앞 사람을 추월하면 안 되는데도 힘이 남았다고 몇 사람을 추월하기까지 했다. 난 뒤따라가느라고 허덕였다.

　칼바위 인근에서 잠시 쉬면서 숨을 골랐다. 월요일 새벽이라 등산객들이 그렇게 많지 않았다. 칼바위를 지나 쇠줄로 만들어진 다리를 건너서부터 가파른 산행길이 시작됐다. 숨이 턱까지 차오르면 쉬곤 했다. 지난번 서부지검의 해오름 산악회원들과 천왕봉 등산을 하면서도 매우 힘들게 올라갔는데, 그 괴로움을 잊고 또 산을 오르고 있는 꼴을 생각하니 참으로 한심스러운 인간이다 싶었다. 몸 관리도 하지 않고 무작정 이 높은 산을 오르는 내가 어찌 보면 참으로 어리석다는 생각이 들었다.

잠시 쉴 때는 밤하늘의 은성한 별을 아들과 함께 우러러봤다. 나와 함께 하늘을 우러러보던 아들 녀석은 그 옛날 초등학교 다닐 때, 오후 늦게 백무동 능선 길을 따라 장터목산장으로 오르면서 봤던, 그 수많던 별을 본 추억을 되살려내기도 했다.

걷다가 쉬기를 반복하던 중, 아들이 나 때문에 처지고 있는 것 같아 먼저 가라고 했지만 "같이 산행을 하기 위해 따라왔는데 먼저 가면 안 되지요."라면서 계속 나와 보조를 맞췄다.

산멀미가 나서 가파른 산행 길 산죽이 무성한 곳에서 새벽에 먹은 국밥을 모두 토해냈다. 그러자 뭉쳐 있던 기운이 도는 듯 조금씩 풀리는 것 같았다.

해발 1068미터 망바위에 도착했을 때는 동녘 하늘에 여명이 밝아오고 있었다. 망바위에 올라서서 일출을 기다리다가 태양이 좀처럼 모습을 드러내지 않아 다시 걷기 시작했다.

로타리산장과 망바위 중간 지점을 지날 때 일출이 본격적으로 시작됐다. 노랗기도 하고 붉기도 한 복숭아 하나를 토해내듯 해는 순식간에 튀어올랐다. 자로 일자를 그은 듯한 동녘 하늘에 삐죽 햇살을 내비추더니만 잠시 후 바로 튀어오르더라는 뜻이다.

그야말로 천신만고 끝에 로타리산장에 도착했다. 수통에 물을 보충하고 땀에 젖은 수건을 헹궈 얼굴을 닦고 숨을 골랐다. 두 번 다시 지리산에 안 와야지 하는 생각을 했다. 그러나 글을 쓰고 있는 지금, 난 참으로 바보 같은 놈이라는 생각이 든다. 다음에는 몸을 잘 만들어서 등산해야지라고 반성을 해야 마땅함에도, 아무 책임도 없는 지리산 천왕봉 탓을 했으니 말이다.

그리고 다시 발걸음을 재촉했다. 허덕허덕 걷다가 쉬기를 반복한 끝에 겨우 개선문에 도착했다. 물을 마신 후 숨을 고르고 나서 발아래 펼쳐진 거대한 지리산을 바라봤다. 녹음이 우거진, 측량할 수 없을 만큼 깊고도 넓은 그 여름 산이 나를 압도했다.

그런데 그 숱한 봉우리 사이사이 골짜기에 하얀 구름이 펼쳐져 있는 모습은 마치 봉우리 하나하나가 섬 같고, 낮게 깔린 구름이 바다로 보이는 것은 어인 까닭일까? 그리고 또 구름의 끝자락이 봉우리에 약간 거칠게 붙어 있는 모습을 보고 섬 주위에 파도가 하얗게 부서지고 있는 것으로 보임은 어인 까닭이며, 해조음(海潮音)이 들리는 듯한 것은 또 무슨 까닭일까? 그건 아마도 내 태생이 금수(錦繡)로 굽이쳐 내리던 장백(長白)의 멧부리 방울 튄 한 점 섬 출신이기 때문이리라.

그리고 다시 한번 지리산이 방장산인 까닭을 생각해 보았다. 봄, 여름, 가을, 겨울 철철마다 그 몸체와 색깔 그리고 내밀하게 감춰진 정신을 다양하게 드러내 종잡을 수 없기에, 도력이 크고 높다는 뜻에서 불교 총림의 가장 높은 어르신 방장(方丈)에서 따 와 천하 제일 산, 방장산이라고 하는 것이 아닐까 싶어졌다.

그리고 다시 천왕봉의 마지막 은산철벽(銀山鐵壁)을 향해 몸을 일으켰다. 평소에는 수량이 그렇게 풍부하지 않았는데

긴 장마 끝이어서인지 석간수 천왕샘에 물이 콸콸 흘렀다. 그곳에서 수통에 물을 가득 넣고 한발 한발 걸어 올라갔다. 다리에 쥐가 나기도 해 주무르면서 올랐다. 머리가 화끈거렸다. 새삼스레 해발고도 1915미터의 지리산은 내가 매주 한 번씩 다니고 있는 북한산이나 청계산 그리고 최근에 다녀온 감악산과는 비교할 바가 아니라는 생각이 들었다.

숨이 턱에 차면서 생각도 하얗게 빛이 바랠 때쯤 지리산 정상 천왕봉을 기다시피 올랐다. 도착한 시간이 8시 15분, 무려 4시간 15분이나 걸렸다. 어느 후배 검사의 압도적인 표현대로, 포악스럽게 술을 마시고 다닌 대가인지도 모른다는 생각이 들었다. 아들은 자신의 페이스로 갔다면 7시쯤이면 도착했을 거라고 너스레를 떨었다. 나도 젊었을 때는 그 정도에 갔다고 큰소리를 치고, 이제 막 군에서 제대한 젊은이는 아직까지 군기가 안 빠졌을 테니 당연히 세 시간대에 주파해야 하지 않느냐고 했다.

"한국인의 기상이 여기서 발원된다."라고 새겨진 천왕봉 표지석에 서서 주위를 한바퀴 둘러봤다. 동서남북 모두가 수해(樹海)였다. 유장한 가락처럼, 춤사위처럼 고갯마루와 봉우

리가 아스라이 휘돌아가면서 솟구쳤다가 가라앉는 그 모습,
경탄하지 않을 수 없었다.

> 옆으로 보면 고갯마루요 모로 보면 봉우리
>
> 멀고 가깝고 높고 낮음이 제각기 다르구나
>
> 여산의 참모습을 알 수 없는 것은
>
> 바로 내 스스로가 이 산중에 있음이라
>
> 橫看成嶺側成峰 遠近高低無一同 不識廬山眞面目 只緣身在此山中
>
> --- 소식(蘇軾)의 〈제서림벽(題西林壁)〉

　한참 동안 휘둘러 보니 가히 소식의 시가 절창이라는 생각
이 들었다. 그런데 속이 비어서인지 허기가 져 구경을 마치
고 서둘러 장터목산장으로 갔다. 이제 몸이 풀려 그런대로
걸을 만했다.

어머님 손에 들린 실은
길 떠날 아들의 옷을 지으신다.
나그네 길에 해지지 않도록 꼼꼼히 꼼꼼히 기우시며
마음속으로 돌아옴이 늦어질까 걱정을 하신다.
촌초(寸草) 같은 아들의 마음으론,
삼춘(三春)의 햇빛 같은 어머님 사랑을 보답하기 어렵도다.

慈母手中線 遊子身上衣 臨行密密縫 意恐遲遲歸 難將寸草心 報得三春輝

아들이 논산훈련소에 입소하기 전날 밤 거실에서 두런두런 이야기하는 소리가 들렸다. 길
떠나는 데 필요한 것들을 준비하면서, 아내와 아들이 이제부터의 삶의 자세에 대해 이야
기를 나누는 모양이었다. 내가 보기에는 아직도 어린 것 같은 아들이 사실상 처음으로 슬
하(膝下)를 벗어나는 날 밤, 아내를 보며 맹교(孟郊)의 〈길손의 노래(遊子吟)〉를 떠올렸다.

아들과 함께 지리산에 올라

두·번·째·이·야·기

통천문을 통과하면서 아들과 초등학생 시절 두 차례 종주하면서 사진 찍고 했던 것을 상기시켰으나, 기억하지 못했다. 아마 그때는 모두 노고단 쪽에서 천왕봉으로 올랐거나, 백무동 능선을 타고 올라와 천왕봉으로 왔다가 다시 노고단으로 갔기 때문에 너무 힘들어서 기억이 나지 않는 것이리라.

제석봉으로 가, 제석봉 정상 여기저기에 앙상하게 남아 찬 바람 속에서 간신히 몸을 지탱하고 있는 고사목을 볼 때마다 인간에 의한 상흔 같아 씁쓸한 생각이 들었다.

이제는 아들의 다리에 쥐가 나 연고를 발라 마사지를 해주었다. 큰소리치더니 오버페이스한 거라고 놀려먹었다.

9시 30분경, 장터목산장에 도착해서 초코파이를 두 개씩, 백도 통조림 한 개, 생 라면 하나, 콜라 두 개를 샀다. 컵라면을 하나 사 국물을 마시면 좋았을 텐데 팔지 않았다. 우리는 산장 마당에 퍼질러 앉아 허겁지겁 먹고 마셨다. 라면을 왜 샀는지 궁금했는데, 아들은 봉지에 담긴 생 라면을 부셔 그대로 먹었다. 생 라면을 어떻게 그렇게 먹느냐고 하니, 군에서는 간식거리로 이렇게 자주 먹었다고 했다. 포만감이 들고 기력이 되살아나는 듯해 일단 세석평전까지 가보고 등산을 더 할 것인지 여부를 판단해 보기로 했다.

장터목산장에서 연하봉 쪽으로 조금 올라간 곳을 지나던 중 아들이 갑자기 이 자리에서 우리 가족이 지리산 종주할 때 텐트를 치고 하룻밤 잔 기억이 난다고 했다. 불현듯 나도 그 생각이 났다. 좁은 텐트 안에서 우리 가족이 밥을 해 먹고 웅크리고 잤던 옛 추억이 마음을 따뜻하게 했다. 그 이후로는 산장 인근에서 야영을 하지 못하게 하는 바람에 더 이상 텐트를 메고 산에 올라가 야영하는 맛을 느낄 수 없게 되어 아쉽다.

연하봉을 끼고 돌아가는 길은 정말 따뜻한 느낌이 드는 좋은 길이다. 그 길과 더불어 임걸령 위 봉우리에서부터 반야봉 하부 노루목까지 가는 길도 또한 내가 참으로 좋아하는 길이다. 그 풍광이 얼마나 수려한지. 산 아래로 섬진강이 휘감고 돌아가는 모습도 아련하고, 남쪽으로 광양 백운산 자락이 파노라마처럼 펼쳐져 있다.

산 빛 정하여진 모습 없어

안개 끼인 듯, 분 단장한 듯

외로운 봉우리 석양볕에 솟아 보이고

가을 하늘 저만치로 산등성이 뻗었네

구름 덮여 아득히 보일 듯 말 듯

강물은 굽이굽이 감돌며 흐르네

가까워졌는지 멀어졌는지 알 길 없으나

아무튼 내내 마주하면서 간다네

山色無定姿 如烟復如黛 孤峰夕陽後 翠嶺秋天外 雲起遙蔽虧 江回頻向背 不知今遠近 到處猶相對

— 유장경(劉長卿)의 〈추운령(秋雲嶺)〉

140

풍광 좋은 자리를 발견할 때마다 경치를 구경하면서 갔다. 지리산 10경에 연하선경(煙霞仙境)이 들어 있을 만하다. 그래서 시인 이원규 씨가 〈행여 지리산에 오시려거든〉이라는 시에서 연하봉 벼랑과 고사목을 보려면 툭하면 자살을 꿈꾸는 이만 반성하러 오시라고 한 까닭을 자연스럽게 알 수 있다. 아마 그 풍광을 보면 자살할 생각을 자연스럽게 버리게 될 것이라는 뜻이리라.

그런 벼랑 위 적당한 곳에 자리 잡고 앉아 북쪽을 바라보다가 정말 오랫만에 아들과 두런두런 이런 이야기를 했다.

"아이, 니는 지리산 종주 두 차례 험시롱 가장 기억에 남는 것이 뭐디?"

"음, 뭣보다도 종주를 할 때마다 아부지가 참말로 야속하고 무정했어요."

"어, 왜 무정했다는 거냐? 난 무정하게 한 적이 없는 것 같은디……."

"뭐가 무정했냐 하면요. 힘들게 걸어서 앞서서 간 아부지가 저를 기다리고 있는 곳까지 가면 제가 오자마자 걷기 시작할 때 쉬지도 못하고 정말로 무정하대요."

"그래? 난 그건 전혀 생각을 못 했다. 니가 쉬었다가 오고, 쉬었다가 오고 그러는 줄 알았는데. 미안허다."

"그렇지만 좋은 기억도 많아요. 아부지가 맨날 하는 소리 있잖아요. 내려갈 때 방심하지 마라, 방심하지 말라고 했잖아요. 편해질 때 더욱 조심해야 한다는 뜻에서 참말로 옳은 소리 같아요. 그리고 또 좋았던 기억은 아부지랑 외삼촌이랑과 종주를 하면서 외삼촌이 끓여준 꽁치김치찌개 있잖아요? 그 꽁치김치찌개 맛, 정말 꿀맛이었어요. 김치찌개를 볼 때마다 생각나요. 군대 쫄따구 때 주방일 보면서 그 김치찌개 만들어보려고 했는데 전혀 그 맛이 안 나오던데요."

아들의 회고는 이렇게 이어졌다.

"글고, 우리 식구 넷이 아까 지나온 장터목산장 부근에서 텐트 치고 잤던 기억이 안 잊혀질 거예요. 그때 텐트 천장에 달아두었던 등불이 아직도 눈앞에 선하네요."

우리가 편안하게 대화를 나누고 있자 우리 곁에서 잠시 쉬던 등산객들이 "부자지간인 모양이지요? 부자 간에 등산하는 모습, 참 좋습니다. 부럽네요."라고 인사말을 하고 갔다.

우리도 자리를 털고 일어나 촛대봉으로 향했다. 촛대봉으로 오르는 길이 경사져 힘들었던 기억이 나 걱정하면서 올랐으나, 등산로가 잘 정비되어 있어 의외로 수월했다.

촛대봉에 도착한 시간이 11시 10분. 예전에 등산을 다닐 때 이 시간에 이곳에 도착했다면 끝까지 종주를 했을 터이나, 세월 앞에 장사 없고 힘도 예전 같지 않아 당일치기 종주를 시도하는 것은 무리다 싶어졌다.

촛대봉에서 집으로 전화를 하자 아내는 "싸나이들이 칼을 뺐으면 썩은 호박이라도 찔러야죠." 하며 종주를 부추겼다. 아내의 이야기를 아들에게 하자 "멈춰야 할 때 멈추는 것이 좋지 않을까요?"라면서 자꾸 쥐가 난다고 그만 내려갔으면 하는 표정이었다. 나는 속으로 아들이 그렇게 나오길 바랐는데 다행이다 싶었다.

한신계곡으로 내려가는 것은 너무 멀고 힘들 것 같아 거리상으로 가장 가까운 거림골로 내려가기로 마음먹었다.

촛대봉에서 이곳저곳을 구경하려고 했으나 아들은 그늘이 없다고 내려가자고 했다. 바로 세석평전을 가로질러 세석산장으로 향했다. 등산로 양편을 막아 출입을 하지 못하도록 해놓아 구상나무도 제법 보이는 등 식생이 많이 복원돼 가고 있었다. 일부는 습지가 형성되는 것 같기도 했다. 지리산을 다니기 시작한 초기에는 이곳에서 철쭉제를 하면 수많은 등산객들이 세석평전 이곳저곳에 텐트를 치는 바람에 산이 완전히 뭉개지다시피 했다.

철쭉꽃 만발할 때는 이 평원이 불타는 듯 정말 장관이었다. 세석산장에 도착하자마자 아들은 거림골로 완전히 내려갈 때까지 시간이 얼마나 걸리는지 산장 매점으로 가 물어보고 왔다. 두 시간 정도면 가능하다고 했다. 그렇게 자주 지리산을 왔지만 이곳으로 내려가는 것은 처음이라 길 사정이 어떤지 모르지만 약 6킬로미터 가량인데, 두 시간이면 괜찮은 하산길이라고 짐작했다.

수통에 물을 받고 머리에 물을 부어 정신을 차린 다음 거림골로 방향을 잡고 내려갔다. 처음 내려가는 길은 곳곳에서 흘러오는 물로 인해 늪지같이 평탄해 좋았지만 너덜겅길로 바뀌자 아들은 발바닥에 불이 난다면서 절룩거리며 힘들어하기 시작했다.

중간에 계곡물에 머리와 얼굴을 씻고 지루한 바윗길을 수

없이 돌고 돌았다. 거림으로 가는 계곡은 수량이 풍부하고 풍광이 수려해 볼 만했지만 하산길로는 참으로 지루했다. 불규칙하게 박힌 자연석들이 무릎을 아프게 했고, 발바닥을 화끈거리게 했다. 이 길은 처음 가보는 길이기에 더욱 힘든 느낌이었다.

마침내 2시 30분쯤 거림 매표소를 통과하자마자 무더위를 달래기 위해 팥빙수 가게로 들어가 팥빙수를 사 먹으면서 달궈진 몸을 식혔다. 팥빙수가 그렇게 맛있는 줄 몰랐다.

그렇게 등산을 마치고 쉬고 있으니 또다시 등산할 때 괴로움은 잊혀지고 저기 저곳에 산이 있으니 또 와야지 하는 생각이 머릿속에서 출렁거렸다. 무엇보다도 아들과 등산을 함께 하면서 고통스럽게 숨쉬면서 흘린 땀, 그 땀은 나의 체세포와 혈관 곳곳에 박힌 나태함과 방종 그리고 오만을 씻어내는 땀이라는 사실이 나를 쇄락하게 했다.

그리고 앞으로는 아들 녀석과 지리산 산행을 같이 하지 못하지 않을까 하는 생각에서 오는 아쉬움과 멋진 과거 한때의 추억을 공유하고 새로운 추억을 만들어냈다는 기쁨이 묘하게 교차했다.

해와 달은 백년 과객이며, 오고 가는 해 또한 나그네다.
뱃전에 생애를 띄우며 말고삐를 붙잡은 채
늘그막에 접어든 사람은 날마다 여행이며, 여행길이 내 집이다.
옛사람도 여행길에서 생애의 막을 내렸다.
나도 언젠가부터 조각구름에 이끌려 방랑생활을 동경해 마지않았다.

—마쓰오 바쇼

내가 좋아하는 시인 중에 한 사람으로 일본 에도시대 전기의 하이쿠 시인인 마쓰오 바쇼〔松尾芭蕉〕라는 사람이 있다. 그에게 여행은 그의 하이쿠 문학에서 중요한 위치를 차지한다. 그는 1689년 3월 27일 제자 가와이소라와 함께 에도 후카가와에 있는 바쇼암을 떠나 그해 9월 6일, 이세까지 여행을 하고 〈오쿠노 호시미치〔奧の細道〕〉라는 여행기를 썼다. 그 중에 나에게 깊은 울림을 주는 여행기 서문이 있어 인용한다. 그 여행기를 쓴 후 그는 또 다시 여행을 다니다가 5년 후 "방랑에 병들어 꿈은 마른 들판을 헤매며 다닌다.〔旅に病んで夢は枯野を かけ廻る〕"라는 하이쿠를 끝으로 여행지 오사카에서 병이 걸려 50년 생애의 막을 내렸다.

인물 자랑 말라는 강릉에서

지난 주 월요일부터 목요일 오후 2시까지 강릉에 있다가 돌아왔다. 여름 휴가 때 주마간산 격으로 스쳐 지나던 그곳을 3박 4일이나 머물렀으니 부러워할 이들도 있겠지만, 놀러 간 것이 아니고 정기 사무감사를 갔다 온 것이다.

감사 일정에 따라 묵은 기록의 먼지를 털어내 읽어보는 것으로 낮시간을 보낸 후 여기저기 봄꽃 흐드러지게 핀 밤, 한때 같은 청에 근무하면서 도타운 정을 쌓았기에 살갑게 대하는 머리 하얗게 센 연수원 동기인 지청장 그리고 검사들과 함께 저녁을 먹으면서 두런두런 이야기를 나누고, 경포대해수욕장 모래사장에 앉아 소주를 마시곤 했다.

"강양지풍 통고지설(江襄之風 通古之雪)"이라는 말이 있다. 즉 강릉과 양양에는 바람이 많고 통천과 고성에는 눈이 많다고들 한다더니만 바람이 들이치는 바닷가 숙소에서 창문을 열어두고 잔 탓에 코가 맹맹하니 가벼운 감기기운이 떠나지 않았다.

감사 기간 중 한 시간쯤 틈을 내 오죽헌과 선교장을 둘러봤다. 오죽헌은 신사임당의 친정집으로, 조선의 거유(巨儒) 율곡 이이님이 태어나 어린시절을 보낸 곳이다. 오죽헌을 설명하던 강릉시청 공무원은 이곳은 70년대 어느 날 강릉에서 하룻밤을 묵게 된 박정희 대통령이 연필로 스케치하고 중수를 지시하여, 터를 넓혀 오늘과 같은 모양새가 되게 한 것이라고 해설해 주었다.

"여기 와서도 박정희 대통령 덕을 보고 있군요!"

"그럼요, 이탈리아 사람들이 아직도 로마 덕으로 먹고 산다고들 하지 않습니까!"

사임당이 흑룡 꿈을 꾸고 율곡을 잉태하고 낳았다는 몽룡

148

실, 율곡의 영정을 모신 문성사, 유물이 전시된 기념관 등 크고 작은 건물들이 잘 단장되어 있었다. 오천원짜리 지폐에 있는 오죽헌 그림과 비교해 보기도 했다.

그리고 여기저기에 오죽(烏竹)들이 심어져 있었다. 그 옛날 율곡이 공부를 하면서 대나무가 자란 곳에 먹물을 버려 대나무가 검게 되었다는 전설이 있다.

유물전시실에서는 율곡의 큰누이 매창(梅窓, 부안의 기생 매창이 아니다)의 그림도 보았고, 율곡의 남동생 옥산(玉山)의 물찬 제비가 나는 듯 쓴 아름다운 초서 글씨도 보았다. 오죽헌은 해마다 100만 명 정도의 관광객이 찾아들어 북적거린다고 하는데, 우리가 찾아간 그날도 수많은 학생들이 구름처럼 몰려와 이곳저곳을 구경하면서 웃음꽃을 피우고 있었다. 강릉시청 직원은 강릉이 신사임당, 이율곡뿐 아니라 교산 허균과 난설헌 허초희의 고향으로, 그 어느 곳보다 인물이 많은 곳이라고 자부심을 드러냈다.

선교장도 보았다. 이 집은 효령대군의 11대 손인 이내번님이 처음 이 자리에 터를 잡고 중건에 중건을 거듭하면서 10대가 지난 지금까지 그 후손들이 살고 있는 양반가의 호화주

택으로 1965년도에 국가문화재로 지정됐다고 한다. 지금도 거창하고 화려해 보이는데 그 옛날에는 어떠했을까 생각하니 놀라지 않을 수 없었다. 바깥마당 작은 연못에는 삼신산을 본떴는지 작은 섬을 만들고, 그 섬에 모양 좋게 소나무 한 그루를 심어두었고, 연못에 걸터앉아 있는 것처럼 활래정이라는 정자를 만들어두었는데, 그 연못에 연꽃이 가득 피어나면 장관이라고 한다. 그 옛날 연꽃이 화려하게 핀 가운데, 활래정에 앉아 다정한 벗들과 고담준론(高談峻論)으로 시간을 보내는 그 모습, 얼마나 아름다웠을까!

동별당이라는 안채를 보니 안주인이 기거하는 큰 방 뒤편으로 마루바닥으로 된 작은 방과 온돌로 된 작은 방 두 개가 붙어 있었다. 그 방을 교방이라고 한다는데, 마루방은 여인네들의 비밀스러운, 지극히 사적인 공간 역할을 하는 곳이고, 한 사람이 누울 만한 작은 온돌방은 무슨 까닭인지 모르지만 새로 시집온 며느리를 재웠다고 한다. 호랑이 같은 시어미 바로 옆방에서 가혹한 교육과 훈도를 받으면서 시집살이를 했던 것이 아닐까 생각했다.

안채 뒤편으로 돌아가니 남자들이 주로 기거하는 사랑채

에서 안채로 들어올 수 있게 작은 쪽문이 만들어져 있었다. 그 문은 사랑채 쪽에서 안채 쪽으로는 들어올 수 있지만 사랑채 쪽에서 문을 잠궈두는 바람에 안채에서 사랑채 쪽으로는 들어갈 수 없도록 되어 있다고 한다. 교방과 쪽문은 조선시대 사대부 집안의 남자와 여자의 모습을 아이러니하게 보여주고 있었다. 남자들이 기거하면서 손님을 맞이했던 사랑채를 열화당이라고 했다.(열화당 출판사의 사장이 선교장 주인과 사촌 간으로, 그 출판사 이름이 이곳 선교장의 사랑채와 관련이 있다는 것을 처음 알았다.)

그리고 바깥채 건물의 처마가 튀어나와 아주 특이하게 생겼는데, 그것은 동(銅)으로 된 처마로서 러시아 양식이라고 했다. 빗물을 받는 홈통에 파랗게 녹이 슬어 있었다. 이곳을 찾아와 한동안 머물렀던 러시아 공사가 선물한 것이라고 했다.

바깥채 뒤편으로 돌아가니 장대하다고 표현해야 맞을 것 같은 수백 년은 되었음직한 쭉쭉 뻗은 홍송(紅松)이 선교장을 에워싸고 호위하는 듯 즐비했다. 바람 많다는 강릉의 바닷바람이 붉고도 곧게 뻗은 몸채를 스칠 때면 우렁우렁 홍송 우는 소리가 집 전체에 가득 찰 듯했다.

선교장을 나와 바깥마당 활래정 옆에서 다시 선교장을 향해 되돌아보니 수백 년 묵은 헌헌장부 같은 그 소나무들이 이곳에 들렀던 수많은 시인묵객과 선비들을 바라보았을 것이고, 그들을 모두 기억하고 있는 듯했다. 정말 특이하게도 강릉은 홍송이라는 소나무가 참으로 빼어나게 아름다운 곳이다.

영월 청령포 유배지에서 단종이 노산대에 올라 한양 쪽을 바라보며 괴로워하는 모습을 바라보고〔觀〕 들었다〔音〕는 관음송(觀音松)에 감탄했고, 안면도에서 안면송(安眠松)을 바라보고 감탄했는데, 이곳에 와서 저렇듯 아름다운 소나무를 보니 머릿속까지 시원해졌다.

그날 밤은 저녁을 먹은 후, 강릉에 근무하는 검사들과 경포대해수욕장 모래사장에 앉아 종이 소주잔을 기울였다. 하얗게 긴 띠를 두른 것처럼 해안으로 밀려들어와 부딪치며 뱉어내는 파도의 함성소리 가득했다.

성악가 뺨칠 정도로 솜씨를 자랑하는 강릉지청 서정식 부장검사의 〈명태〉와 〈청산에 살으리랏다〉라는 가곡도 감상했는데, 해변가를 산책하던 사람들도 빼어난 그의 노래를 들으러 왔다.

경포대 인근에는 강릉 초당두부로 유명한 초당동이 있다. 초당두부는 바닷물로 간을 맞춰서 만드는 것으로 유명한데, 초당은 허균과 허난설헌의 아버지 초당(草堂) 허엽의 이름을 딴 것이다.

경포대 바닷가 인근에 허균 생가라는 팻말이 있는데, 사실 그곳은 허균의 생가라는 표현보다는 허난설헌의 생가라는 팻말을 붙여두는 것이 내게는 더 의미가 있어 보였다. 그 유명한 경포대해수욕장이 가까이 있어 이 고가(古家)도 떠들썩함이나 분주함 가운데 있을 듯하지만 찾는 이 없어 적막한, 오랜 세월의 무게를 이고 뒤돌아 앉아 있는 듯한 모습이었다.

양지녘에 화려하게 앉아 있는 오죽헌과 달리 쓸쓸함을 느끼게 되는 것은 이곳 강릉에서 태어나 똑같이 출중한 재능을 타고났던, 조선시대 예원(藝園)의 두 빼어난 가인(佳人), 신사임당과 허난설헌의 생애를 되짚어보고 현모양처의 표상인 신사임당과 대비되는 허난설헌의 삶을 생각하고 느낀 것이 남다르기 때문이 아닐까 싶다.

사실 초당 허엽이 둘째 부인에게서 얻은, 빼어난 예술가이기도 했던 세 자녀들의 인생은 파란만장했다. 유배와 유랑의 삶을 산 끝에 삼십대의 나이로 뜻을 펼치지 못하고 금강산에서 객사한 하곡 허봉, 세상을 바꾸고자 했으나 역모혐의로 잡혀 연인과 함께 능지처참의 형벌로 처형당하고 조선이 망하기까지 복권이 되지 못했던 허균, 그리고 다섯 살에 한시를 지은 천재적인 여류시인이나 넓고 넓은 천지 중에 하필이면 조선에, 그리고 그것도 하필이면 여자로, 그리고 또 하필이면 김성립이라는 남자에게 시집왔다는 세 가지 사실에 절망하며 한을 품고 스물일곱의 젊은 나이에 의문의 죽음을 당한 허난설헌. 그들은 한결같이 시대와 불화하고 인간과 불화하며 숙명적 이단아의 삶을 살다가 비극적으로 생애를 마쳤다.

　특히 아버지와 오빠들, 동생의 글 읽는 소리 낭랑하던 친정집을 떠나, 아내에게 열등감을 가진 데다가 술과 여자를 멀리하지 못하고 밖으로만 떠돌던 문약한 남자에게 시집온 허난설헌의 비극은 남존여비사상에 투철했던 조선이라는 나라에서 남자들도 우러러보기 어려운 예술적 재능을 타고났다는 것이 개성 강한 여인네에게 얼마나 고통이었을까 생각하게 한다. 그리하여 시대와 인간에 불화한 끝에 그녀의 삶이 비극적으로 끝날 수밖에 없었을 것이라고 예견하는 것은 너무 심한 생각의 비약일까?

그녀는 모든 희망을 다 걸었던 두 자녀를 잇따라 잃고 뱃속에 있던 아이마저 유산으로 잃었다.

강물은 가을 기슭에 잔잔하고
구름 속으로 석양은 지려 하는데
서릿바람과 더불어 기러기는 떠난다.
임아, 그 걸음이 어떠할까.

갑산으로 귀양 가는 오빠 허봉을 그리며 썼다는 시다. 이러한 정감을 노래할 줄 알았던 여인에게 문학의 스승으로 마음에 의지했던 오빠 허봉의 요절은 큰 충격으로 다가왔을 것이고 그녀의 좌절과 시름은 깊어갔을 것이다. 그녀의 유일한 의지가 시였고, 유일한 벗이 시였을 것이다. 그러나 시는 시일 뿐이지 않았을까 생각된다. 그녀는 자신의 모든 작품을 불태워 달라는 유언을 끝으로 스물일곱 살에 요절하고 말았다.

허난설헌의 비극을 보면 만당(晚唐)의 시인 육구상이 "시인의 궁액(窮厄)은 그들이 천기를 폭로하고, 조화의 비밀을 발설한 때문의 벌이다. 그런 까닭에 이하(李賀)는 요절하고, 맹교(孟郊)는 궁박했다."라고 말한 것이 참으로 의미 있게 다가온다.

허난설헌 자신을 난초 속에 투영하여 시들어가는 스스로의 모습을 연민으로 그린 시 〈감우(感遇)〉 중에 이런 구절이 있다.

밋밋하게 자라난 창가의 난초
줄기와 잎새가 그리도 향그러웠건만
가을 바람 한바탕 흔들고 가니
가을 찬 서리에 서글프게도 떨어지네.
빼어난 맵시 시들긴 해도
맑은 향기 끝끝내 가시진 않으리라.
너를 보고 내 마음 몹시 언짢아
눈물 흘려 소맬 적시네.

허난설헌이 죽고 난 후 3년 뒤 허난설헌의 남편은 새장가를 들었으나 다시 3년 뒤 그 역시 죽어, 지금은 경기도 광주군 초월면 김씨 선영에 두 번째 부인 홍씨와 함께 합장되어 있다. 김씨 선영의 모든 묘가 합장묘인데, 두 사람 중 누가 그렇게 모질게 유언을 했는지 모르지만 김성립의 묘에서 저만치 떨어진 곳에 허난설헌의 무덤이 등을 돌리듯 방향마저 달리한 채 홀로 만들어져 있다.

　그 묘 앞에는 국문학자 이숭녕의 문장으로 "굴종만이 강요된 질곡의 생활에, 숨 막혀 자취도 없이 왔다가 간 이 땅의 여성들 틈에서도 부인은 정녕 우뚝하게 섰다."로 시작된 비명이 서 있다고 하는데 가보지는 못했다.

　이제 강릉에서 일정을 모두 마치고, 일상으로 돌아와 강릉에서의 소회를 적고 있으니, 아! 내가 참으로 아름다운 문학과 예술의 고장에 다녀왔다는 실감이 든다. 그리고 그곳에서 헌헌장부 홍송처럼 기상이 투철하던 동도의 형제들이 처한 기록, 그리고 그 형제들과 며칠을 보내면서 이런저런 세상살이를 이야기했던 날들, 정녕 꿈만 같다.

일본 여행기, 첫 번째

고은 선생은 작고한 소설가 이병주 선생을 호탕하고 종합적이며, 문학적 풍운아라고 평했다. 그분이 쓴 소설 중에 감명 깊게 읽었던 소설이 《관부연락선(關釜連絡船)》이고, 이후 그분이 쓴 소설집이나 수필집 등이 우리 집 서가에 열 권 이상은 있다.

《관부연락선》의 서문에서 그분은 《관부연락선》을 쓴 까닭을 이렇게 밝히고 있다.

태산까지도 억눌러버리는 무거운 침묵 속에서도 밤의 나락을 기듯하며 흐느끼는 울음소리가 있었다. 찬란하기에, 너무나 먼 곳에 있는 찬란함인 까닭에 한없이 외로운 별들, 그 별들을 향해 외치는 소리가 있었다. 나는 그 흐느낌과 외치는 소리를 마냥 들으며 이 《관부연락선》을 썼다.

그 서문을 읽노라면 대한해협과 현해탄을 관부연락선으로 건너게 되면 뱃전에 부딪히는 파도소리를 그렇게 묘사했을 것 같은 느낌이 든다. 어려서부터 일본으로 선어와 활어를 수출하는 배를 타셨던 아버지는 여수항과 시모노세키 항, 오사카 항을 수없이 오고갔다. 빠지(파랗고 얇은 종이)로 삼치를 싸서 하꾸(상자를 뜻하는 일본어)에 넣어 얼음을 채우고, 고기가 담긴 수많은 하꾸들을 선창에 가득 싣고 일본의 시모노세키, 하카다, 오사카로 운반했다.

아버지는 여수항을 떠난 지 4일 후쯤 귀국했는데, 그때 아버지가 일본에서 사 온 깜찍하고 다디단 일본의 모찌나 과자 그리고 미깡(밀감)의 맛과 처음에는 느끼한 맛 때문에 싫어했던 라면 맛을 잊을 수 없다. 그뿐이랴. 아버지로부터 들으며 자란, 그 머나먼 부자의 나라, 그 항구들, 그리고 그곳에 사는 사람들은 아름답게 채색된 이미지로 남아 어린 나에게 강렬한 인상을 심어줬다. 그러한 마음속의 밝은 이미지 때문에 난 부관페리를 타고 시모노세키 항으로 가는 꿈을 꾸곤 했다.

그렇게 깨끗하고 부유한 일본에 대한 이미지는 자라면서 우리 나라와 사이에 얼마나 깊고 큰 갈등이 있었는지 역사를 배우며 알게 됐다. 그리고 일본에 관한 많은 책을 섭렵하는 동안 징용당해, 공부를 하기 위해 건너가야만 하는 길목, 대한해협과 현해탄이 우리 민족에게 얼마나 많은 고통을 주고 슬픔과 절망, 파멸을 주었는지 알게 되면서《관부연락선》의 서문의 뜻이 명료하게 다가왔다.

어려서와는 달리 그 바다가 주는 흐느끼는 듯한 울음소리를 들어 음미해 보고 싶었고, 그 바다 위에 뜬 찬란하기도 하고 외롭기도 한 뭇별들을 우러르고 싶었다. 금년 6월로 없어진다는 장기근속휴가를 받아 어디로 갈까 아내와 궁리하다가 불현듯 4박 5일 정도 일정으로 규슈 지방의 온천 여행을 하는 것도 좋겠다는 생각이 들었다. 그리고 이왕 그곳으로 간다면, 일본에 대해서는 특히 각별한 추억을 가지신 아버지와 일본에서 태어나신 장모를 모시고 여행을 하는 것도 뜻있는 일이겠거니 싶었다.

　모 여행사에 알아본 결과 6월 23일 부산에서 부관페리를 타고 시모노세키 항으로 갔다가 벳푸를 거쳐 다시 시모노세키로 와 그곳에서 6월 27일 부산으로 되돌아오는 여행 코스가 있어(월드컵 우리 나라 경기에 맞추어 선상에서 응원을 한다는 기치 아래 '월드컵 관광 3차 여행팀'이라는 이름이었음) 바로 예약을 하고 장기근속휴가를 신청했다.

　6월 23일 금요일, KTX를 타고 부산으로 향했다. 부산경남본부세관 인근에 있는 국제 여객선 터미널에서 아버지, 장모와 조우하여 출국수속을 기다렸다. 우리 여행팀은 세 팀으로 나뉘어 있었다. 한 팀은 대전에서 같은 수영장을 다니는 열여덟 명의 할머니와 아주머니들이었고, 또 한 팀은 대학교수 부부 팀 여덟 명, 그리고 우리였다. 박 부장이라는 가이드와 인사를 하고 오후 6시에 승선해 2층 2인 1실의 숙소에 짐을 풀고 바로 단체여행팀 식당에서 갈비탕으로 저녁을 해결했다.

　그리고 모두 3층으로 올라가 부산항을 구경했다. 아버지는 부산항 이곳저곳을 가르키며 6 · 25사변 때 피난민 싣고 다니던 이야기며, 같은 선원 가운데 군에 징집되어 며칠 만에 죽은 동료 이야기, 그리고 고기 싣고 와 하역할 때 생겼던 일, 배에 싣고 있던 고기와 일본 모찌 200개를 바꿔 먹은 일, 배 한 상자를 구해 전부 먹었던 일 등등 갖가지 추억들을 회고했다.

저녁 7시, 부관페리호가 부두 접안시설에서 벗어나기 시작했다. 점점 멀어지는 부산항을 하염없이 보다가 바람이 차 선내로 들어갔다. 식당 바로 옆 복도에 의자가 마련되어 있어 우리는 그곳에 앉아 자동판매기에서 삿포로 캔맥주를 뽑아 마시며 세상 사는 이야기를 했다. 창밖이 점점 어두워져오자 멀리 어선들의 환히 밝힌 불빛이 찬란해져 왔다. 시간이 흘러 창밖이 어두워올수록 바다는 사라지고 창에 내가 비쳐왔다. 점점이 박히는 어선들의 불빛은 뱃전을 치고 가는 파도소리와 어울려 쓸쓸한 느낌이 들었다. 저 밑에서부터 떨려오는 가녀린 부관페리의 신음소리가 간혹 진저리치게 했다. 배가 규칙적으로 떨고 있어서 더욱 그런 느낌이 드는 것 같았다.

숙소로 돌아가니 일찍 잠자리에 드신 아버지께서는 곤히 주무시고 계셨다. 이층침대 위로 올라가 미리 준비해 온 호사카 유지의 《일본 역사를 움직인 여인들》이라는 책을 읽었다.

24일 토요일 아침 6시 반에 눈을 떴다. 여객선은 천천히 시모노세키 항으로 진입하고 있었다. 3층으로 올라가 시모노세키 항을 구경했다. 구름이 낮게 깔려 있고 빗방울이 하나씩 떨어지고 있었다. 규슈 쪽 공장의 굴뚝에서 하연 연기들이 피어오르고 있었다. 혼슈 야마구치 현에 자리한 항구도시가 시모노세키이고, 규슈 쪽 항구는 기타규슈 시 모지 항이라고 한다. 야마구치 현은 이토 히로부미의 고향이라 하니 감회가 새로웠다.

선내 식당에서 밥과 황태국으로 아침을 해결하고 국제 여객선 터미널로 천천히 접안하는 것을 구경했다. 옆에서 항구를 바라보던 아버지는 남다른 감회를 느끼시는 듯했다. 아버지께서 갑자기 내 기억 속에서 까맣게 지워져 있던 먼 친척뻘 되는 하루미 누나 이야기를 했다. 그 누나의 아버지와 어머니는 모두 돌아가셨을 거라고 혼잣말을 하셨다. 전화번호는 아직 있지만 연락한 지 오래되어서 기억이나 할지 모르겠다고 하셨다. 상륙하면 전화를 한번 해보시라고 했다. 그 옛날 내가 초등학교 때 한국을 방문했던 하루미 누나의 단정하고 깨끗이 차려입고 눈이 부시게 아름다웠던 모습이 떠올랐다. 그 누나와 여수 자산공원 이순신 장군 동상 앞에서 찍은 사진이 어디쯤엔가 있을 텐데 싶었다.

8시 반경 시모노세키 국제선 터미널에 상륙하여 기다리고 있던 버스에 승차했다. 가이드인 박 부장이 첫째, 가이드보다 앞서 가거나, 둘째, 가이드가 하지 말라는 것을 하거나, 셋째, 가이드가 모르는 것을 물어보면 삼재에 걸린다고 너스레를 떨었다.

간몬대교를 건너기 전 휴게소에 들렀다. 그곳에서 간몬대교에 대한 간단한 설명을 들었다. 그 다리는 1972년에 완공된 것이라고 한다. 휴게소 지명을 보니 '단노우라'라고 되어 있었다. 그곳은 1185년 겐지〔源〕씨와 헤이시〔平〕씨가 최후의 격전을 벌였던 일본 역사상 유명한 곳이다.

겐지씨 쪽의 대장 미나모토노 요시토모〔源義朝〕와 권력투쟁을 벌인 끝에 헤이시의 난 와중에 그를 죽이고 정권을 잡게 된 사람이 헤이시씨 쪽의 대장 다이라노 기요모리였다.

그런데 그는 적장 요시토모의 아들인 요리토모〔源賴朝〕와 요시쓰네〔源義經〕를 죽여 후환을 없애라는 충고에도 불구하고 미나모토노 요시토모의 아내 도키와 고젠(常磐御前)의 미모에 혹해 그의 아들들을 살려주는 바람에 훗날 내가 서 있는 이 자리, 단노우라에서 요시쓰네에 의해 궤멸되는 패배를 당한다.

그 결과 다이라노 기요모리는 자결하고, 요시쓰네의 이복형인 미나모토노 요리토모에 의해 소위 가마쿠라 막부 정권이 탄생됐다. 물론 요시쓰네는 형 요리토모의 오해로 인해 죽음에 이르는 비운의 무장이었지만…….

안내판에 간단히 그런 내용이 적혀 있는 듯했으나 일본어로 되어 있어 자세히 알아보기는 어려웠다. 그러나 다행스럽게도 내가 어젯밤 읽었던 《일본 역사를 움직인 여인들》이라는 책 가운데 요시쓰네의 어머니 도키와 고젠의 이야기를 읽어둔 것이 이 땅의 역사적 의미를 아는 데 도움이 됐다.

다시 버스에 승차하여 벳푸로 향했다. 오늘 새벽 스위스와 우리 나라 간의 월드컵 경기 중계방송을 보느라 잠을 설쳤는지 대부분의 관광객들이 잠에 빠졌다. 비교적 산세가 험한 구절양장 같은 도로를 따라갔다. 어떤 산이든지 나무들이 울창해 인상적이었다. 벳푸로 가는 도중, 하치만 신궁 앞에서 내려 신궁 앞 상가에서 도시락과 우동으로 점심식사를 했다.

일반적인 신사를 미야코라 하고 천황을 모시는 신사를 신궁이라고 한다. 신사를 보면 일본인들은 만물에 영혼이 있다고 보는 애니미즘에 철저한 사람들이라는 생각이 들곤 했다. 그들은 천황뿐 아니라 역사적으로 유명한 사람들, 그리고 큰 산, 큰 호수에 신궁이나 신사를 세워 신으로 추앙하고 기도한다. 그리고 신사든 신궁이든 정문에는 주황색으로 칠해진 도리이[鳥居]라는 조형물이 있다. 이는 우리 나라의 솟대가 변형된 것으로 보인다. 도리이는 한마디로 신과 인간을 연결시켜 주는 전령이라고 보면 된다. 그리고 도리이 앞에는 고마이누라고 불리는 해태 비슷한 조각물이 두 개 나란히 세워져 있다.

잘 정돈이 된 하치만 신궁을 조금 걸어 들어가니 커다란 바위에 "성심직도지비(誠心直道之碑)"라는 한자가 새겨 있었다. 성의를 다하는 마음이 곧 도라는 뜻으로 보이는데 검선일여(劍禪一如), 다선일여(茶禪一如)라고 하듯, 검술의 경지가 극에 이른 사람은 도의 경지에 다가서는 모양이라는 생각이 들었다. 일본에서 검성(劍聖)으로 통하는 미야모토 무사시의 《이천일류철심서(二天一流鐵心書)》라는 책에서 따 온 글이라는 말이 함께 씌어 있었다.

그 비석을 바라보면서 일본 사람들의 정신세계를 다시 한 번 생각했다. 일본 사람들은 참으로 독특한 세계관과 인생관을 가지고 있다는 생각이 들었다. 그들은 장인정신이 더 말할 나위 없이 투철하다. 일본인들은 기본적으로 릿파(立派, 일본어로 훌륭하다는 뜻이라고 함)정신을 가졌다고 한다. 릿파는 나의 파를 세운다, 즉 나의 하는 일을 최선을 다해 일가를 이룬다는 뜻으로 해석할 수 있다. 그들은 검도, 유도, 꽃꽂이, 다도, 무용, 노래, 바둑 등 온갖 예능과 놀이에도 여러 유파가 있다. 각종 예능과 놀이에서 최고 수준에 이른 사람을 그들은 명인이라고 칭하고 신으로 모시기까지 한다. 릿파하는 것은 하나의 도를 형성하는 것이고, 하나의 도를 형성할 정도라면 도를 형성한 곳이 어떤 영역이든, 종교, 예술, 기술, 학문의 구별이 없다.

이러한 일본인의 정신세계 또는 생활태도에 결정적으로 영향을 미친 것이 이시다 바이칸(石田梅岩)이라는 사람이 세운 석문심학(石門心學)이다. 한마디로 석문심학은 "봄비는 어디에나 한결같이 내린다. 그러나 그것을 맞는 나무와 풀은 저마다의 꽃을 피운다."라는 정신에 기초한 것으로, 인간에게는 귀천이 없고 상인은 상업을, 농민은 농업을 열심히 하는 것만이 하늘의 덕에 보답하는 길임을 강조한다. 자신의 일을 성의를 다하여 할 때 그 모든 행위가 보살행(菩薩行)이라는 것으로 요약할 수 있다.(김용운 저 《한일민족의 원형》 참조)

일본에서 검성이라고 칭해지는 미야모토 무사시의 책에 나온 글귀를 새긴 비석을 보니 일본 사람들의 밑바탕에 흐르는 릿파정신이나 석문심학이 떠오르고, 책으로만 읽었던 것이 더욱 깊이 이해되었다. 그리고 어떻게 사는 것이 옳은지 생각하게 되었다.

본궁으로 들어가는 돌계단은 습기가 차 축축해 보였고 파랗게 이끼 낀 석등들이 고색창연했다. 습한 날씨인데도 울창한 숲으로 인해 기분은 상쾌했다. 본궁으로 들어가기 전, 큰 술통을 차곡차곡 쌓아두고 있는 것이 궁금해 가이드에게 물어보니 일본의 유명한 청주 회사들에서 한해에 가장 먼저 빚는 청주를 하치만 신궁에 헌납하여 그곳에서 보관하다가 신에 제사를 지낼 때 제주(祭酒)로 사용하고 남은 것은 나눠 마시는데, 현재는 그 술통이 모두 비어 있을 거라고 했다.

오랜 풍상을 겪어왔을 뿐 아니라 키 크고 울창한 나무들로 우중충하기까지 했던 입구와 달리 본궁 안은 화려하다는 느낌이 들 정도로 깨끗이 단장이 되어 있었다. 그리고 본궁 앞 정원에는 수령이 800년이나 되었다는 우사(楠)신목이라는 나무가 보기 좋았다.

안을 들여다보니 일본의 응신천황의 팔번(하치만)대신(八幡 大神)과 삼한을 정벌했다고 일본에서 주장하곤 하는 신공황후, 비매대신(比賣大神)등 세 사람의 천황을 모시고 있는 것 같았다. 전각 안에는 커다란 거울을 달아두고 있었다. 많은 사람들이 합장하여 고개를 숙이며 참배하고 있었다.

본궁 안에는 게시판을 세우고 그곳에 많은 사람들의 기원을 담은 글을 쓴 나무 판때기를 많이 걸어두고 있었다. 특이하게 나무 판때기에는 백마가 그려져 있어 가이드에게 물어보니 그것을 애마라고 한단다. 옛날에 영주(다이묘)들은 신사에 백마를 헌납했고, 조금 재산이 있는 사람들은 고운 종이에 백마를 그려 소원을 적어 걸어두었으며, 고운 종이를 살 여력이 없는 사람들은 손바닥만한 나무판에 백마를 그려 넣어 소원을 빌었다고 한다. 그런데 지금은 모두 나무판에 백마를 그려 넣고 게시판에 걸어두는 것이 일반화됐다고 한다. 일본 사람들은 절이나 신사 등 어디를 가든지 간에 소원을 비는 갖가지 물건을 팔고, 그 물건을 전시해 두는 것이 생활화된 것 같다.

천천히 하치만 신궁을 산책하면서 걸어 나왔다. 하치만 신궁 개울 건너편에서 남자 한 사람이 개울둑에 서서 아랫도리를 벗고 지나가는 참배객이나 관광객에게 자신의 성기를 보여주고 있었다. 가이드의 설명으로는 오래전부터 저 짓을 하는 미친 사람이라고 했다. 일본 사람들이 신령스럽다고 하는 하치만 신궁에서 미친 사람을 보니 참으로 묘한 느낌이 들었다.

다시 버스를 탔다. 잠시 눈을 붙인 사이에 벳푸 시가지가 바로 내려다보이는 전망 좋은 곳에 차가 섰다. 벳푸 만이 한눈에 들어왔다. 가이드는 날이 맑은 날이면 시코쿠(四國)까지 보인다고 했다. 벳푸 만 남쪽이 벳푸 시가 속한 오이타 현의 현청이 있는 오이타 시란다. 바로 밑에 있는 건물은 요즘 일본에서 IT 계통으로 유명한 APU대학으로서, 김영삼 대통령이 이곳에서 강연을 했다고 설명했다.

그리고 벳푸 시에서 얼마 떨어지지 않은 곳에 있는 야산을 가리키며 다카자키야마〔高崎山〕라는 산인데 일본의 자연 동물원으로서 야생원숭이 2000여 마리가 살고 있어 관광지로 유명하다고 했다.

벳푸는 약 1200년 전에 쓰루미〔鶴見〕 산이 폭발하면서 형성된 곳으로 현재 인구는 약 15만이라고 했다. 벳푸 온천 지역은 하루에 용출되는 온천물의 양이 3600킬로리터 정도(50미터 수영장 250개를 채울 정도의 양이라고 한다)나 되는, 많은 관광객이 찾는 유명한 관광지다.

벳푸〔別府〕라는 이름은 에도 막부 시절 규슈 지방의 싸스마, 죠슈 등 각 번에서 걷은 공물을 지금의 벳푸에서 배로 실어 세토내 해를 거쳐 오사카 부〔大阪府〕로 운반하였으므로 오사카 부의 별도의 부라는 뜻에서 벳푸라고 부르게 되었다고 한다.

유황 재배지라는 곳을 관광했다. 그곳은 짚으로 움막을 지으면 그 안에서 자연스럽게 유황이 만들어진다고 한다. 땅바닥에 손을 대보니 따뜻한 기운이 느껴질 정도로 벳푸 일대는 온통 온천 지역이었다. 바다지옥(우미지고쿠)이라는 곳은 온천물이 솟구쳐 작은 호수를 이루고 있는데 그곳에 라듐을 이

용해 파랗게 색깔을 만들어내어 관광지로 만들어두고 있었다. 수증기가 모락모락 나는 가운데 파란 물이 일렁이고 있어 눈을 시원하게 했고, 볼 만했다. 그리고 아래의 좀 더 큰 연못에는 대귀련(大鬼蓮)이라고 불리는 커다란 연이 연못에 떠 있었다.

가이드의 안내에 따라 발만 담그는 온천탕으로 자리를 옮겨 약 20분가량 발을 담궜다. 우리 여행팀 아줌마들의 질펀한 농담을 들으면서 많이 웃었다. 땀이 흥건해지면서 발의 피로가 자연스럽게 풀리는 느낌이 들었다. 가이드가 뜨거운 온천에서 익힌 삶은 달걀을 하나씩 선물했다. 한 개를 먹으면 수명이 7년 연장된다고 객쩍은 소리를 하면서…….

오후 3시 반쯤, 벳푸완로열호텔이라는 곳에 여장을 풀고 잠시 쉬었다가 벳푸 시내의 초밥 집에서 스시 아홉 조각과 우동으로 저녁식사를 했다. 요리사 복장을 한 주인의 얼굴을 크게 간판으로 만들어두고 있을 만큼 스시 맛에 자신이 있나 보다 생각했는데, 겨자의 톡 쏘는 맛도 덜하고 시큼한 맛도 덜했다. 싱싱한 생선을 베어 물 때 씹히는 맛도 별로였다.

호텔로 다시 돌아와 유카타라는 일본의 전통 복장으로 갈아입고 호텔 내 온천탕에서 온천욕을 했다. 남자 온천탕 안으로 여자 종업원이 불쑥 들어와 수건 등을 챙기는 등 청소를 했다. 벌거벗은 남자들이 있는데도 혼욕이 보편화되어 있어서인지 전혀 개의치 않는 것 같았다.

땀을 많이 흘리고 난 후 아버지와 장모, 그리고 아내와 함께 기린맥주, 삿포로맥주, 아사히맥주를 자판기에서 뽑아 와 맛을 비교하면서 시원하게 마셨다. 땅이 흔들리는 느낌이 든다고 하니, 모두들 설마 땅이 흔들릴 리 있느냐면서 배를 타고 와 그럴 거라고 했다. 이런저런 이야기를 하는 가운데 일본에서의 첫날밤이 저물어갔다.

25일 일요일 새벽 5시 반에 일어나 다시 온천탕으로 내려가 온천욕을 했다. 창밖으로 비가 오고 있고, 멀리 오이타 시 쪽은 잿빛 안개에 가려져 보이지 않았다. 하늘도 바다도 모두 잿빛이었다.

먼 바다에 오고가는 선박 불빛을 보며 노천탕에서 반신욕하며 가늘게 오는 빗줄기를 맞았다. 어제 오후엔 호텔 앞 회당에서 결혼식과 피로연이 있어 왁자지껄했는데, 그 환한 웃음과 박수소리는 모두 어디론가 떠나고 하얀 의자들만 줄맞

춰 늘어서 있는 가운데 비에 젖고 있었다.

여행의 의미를 생각했다. 여기저기 떠돌며 여행한다는 것은 많은 생각을 하게 할 뿐 아니라 추억에 잠기게 한다. 어떤 때는 쓸쓸해지기도 하고, 어떤 때는 삶이 허망해지기도 한다. 그럴 때면 〈도정(道程)〉이라는 시를 떠올려 나를 지켜주는 것이 있음에 감사하고 마음을 새롭게 가다듬는다.

내 앞에 길은 없다
내 뒤에 길은 생긴다
아아, 자연이여
아버지여
나를 자립하게 한 광대한 아버지여
내게서 눈을 떼지 말고 지키도록 하시라
언제나 아버지의 기백이 내게 넘치게 하라
이 머나먼 도정을 위하여
이 머나먼 도정을 위하여

—— 다카무라 고타로(高村光太郎)

현실세계로 돌아와 벳푸라는 이름을 생각했다. 도쿠가와 막부가 세워질 당시 히데요시의 아들 히데요리 쪽의 서군 편을 들어 세키가하라 전투에 참여했던 사쓰마, 죠슈 등 도쿠가와의 반대 세력들이 도쿠가와 막부가 세워진 후, 그들이 애써 농사를 지은 농작물을 공물이라고 실어내 갔던 이곳 벳푸에 대해서는 원한이 서려 있지 않았을까 싶었다.

온천욕을 끝내고 호텔 내 뷔페식당에서 아침식사를 마쳤다. 8시경, 일본의 국립공원 1호로 지정됐다는 아소(阿蘇) 화산으로 향했다. 가는 도중 해발고도 1000미터라고 하는 아사히다이(朝日臺)라는 휴게소에 들렀다. 가이드는 그곳의 야쿠르트와 아이스크림이 맛있으니 사 드시라고 권했다. 병에 든 야쿠르트를 여러 개 사고 아이스크림도 먹었다. 아주 부드러운 맛이 별미여서 두 개씩이나 먹었다.

다시 승차하여 출발했다. 그런데 일본은 도로가 넓지 않고 대체적으로 편도 1차선이나 넓어야 편도 2차선 도로가 많은 것 같았다. 도로를 많이 넓힐 것 같은데도 그대로 두고 있는 것은 될 수 있으면 자연을 훼손하지 않으려는 뜻이 아닐까 생각됐다. 이 도로가 야마나미(山波) 하이웨이로서, 산이 줄을 서서 파도처럼 서 있는 듯하다고 지어진 이름이라 했다.

가는 곳마다 나무가 울창했다. 일본에 많은 나무 수종은 스기, 히노키, 닥나무 등이라고 한다. 도로 양편의 울창한 나무와 자욱한 안개를 뚫고 달리는 기분이 마치 일본이라는 미지의 나라를 탐색하는 듯했다.

우리 형님 얼굴은 누굴 닮았나
아버지 생각나면 형님을 보았지
이제 형님 생각나면 그 누굴 보나
시냇물에 내 얼굴 비추어 보네

我兄顔髮曾誰似 每憶先君看我兄

今日思兄何處見 自將巾袂映溪行

연암 박지원의 시다. 연암은 튼실한 고문(古文) 실력을 바탕으로 조롱과 해학, 정의(情誼)를 종횡으로 표현해 수많은 글 쓰는 이에게 영향을 미쳤다고 평가되는 이다. 이 시에는 가슴을 적시는 무언가가 있는 것 같다.

일본 여행기, 두 번째

보통 일본을 가깝고도 먼 나라라고 한다. 가장 가까워야 할 나라가 왜 우리와 항상 긴장관계에 있을까 원인을 생각해 보았다. 일본인들은 부정하겠지만 고대 일본을 세운 것은 도래인이라고 할 우리 나라 사람일 것이다. 천손강림(天孫降臨)의 신화 자체가 바로 한반도에서 건너간 사람들을 신격화한 것으로 봐야 할 것이다.

마한이나 가야 출신이든지, 백제 출신이든지, 신라 출신, 고구려 출신이든지 간에 일본으로 건너온 사람은 마한이 백제에 의해 궤멸되면서 일본으로 넘어왔을 것이고, 신라에 의해 가야가 멸망하면서 대거 일본으로 넘어왔을 것이며, 정쟁의 한가운데에 휘말려 패배한 사람들이 일본으로 넘어왔을 것이기에 그들을 쫓아낸 우리 나라에 대해 한편으로는 고향이라고 생각하면서도, 또 다른 한편으로는 자신들을 고향에서 내쫓고 그들의 고향을 차지하고 있다고 생각하기에 남은 사람들에 대한 적개심을 가지고 있는 것이 아닐까 추측됐다.

그래서 그들의 원형질 속에는 한반도를 되찾아야겠다는 생각이 뿌리깊이 박혀 있고, 그것이 임진왜란으로, 정한론으로, 그리고 한일합방으로까지 발전하게 된 것이 아닐까 싶다.

조선시대 때, 조선과 일본의 외교의 실무를 책임지고 있던 곳이 쓰시마 번이다. 쓰시마 번의 가신으로서 쇼군의 명령을 받아 외교를 이행하는 실무자로 유명했던 사람이 아메노모로 호슈〔雨森東芳洲〕다. 그가 실무자로 활동할 무렵, 일본에 간 조선통신사 신유한이 〈해유록〉에 남긴 글에 이런 내용이 있다.

1719년 12월 21일 조선통신사 일행이 쓰시마를 떠나게 되자 호슈가 찾아와 이별의 인사를 나누다가 신유한이 다음과 같은 시를 써주었다.

오늘밤 정이 있어 나를 전송하는데
이승에서는 다시 그대를 만날 길이 없구나

今夕有情來送我 此生無計更逢君

이 시를 보고 호슈는 울면서 다음과 같이 말했다.

"저는 지금 늙었습니다. 이제는 다시 세상 일에 참여할 수
없습니다. 곧 섬 안의 귀신이 될 날만 남았는데, 제가 무엇을
바라겠습니까? 다만 원하건대 여러분은 본국으로 돌아가 조
정에 등용되어 영화로운 이름을 떨치시기 바랍니다."

이에 신유한은 이렇게 말했다.

"평소 그대는 철석간장인 줄 알았소. 그런데 지금 어찌 아
녀자의 모습을 보이시오?"

이 말을 듣고 호슈는 다음과 같이 말했다고 한다.

"1711년에 왔던 통신사와도 이번처럼 깊이 정이 들었습니
다. 그러나 이별할 때 이렇게 눈물을 흘리지는 않았습니다.
10년 사이 정신과 머리털이 쇠했나 봅니다. 옛사람이 늙은
바탕에 인정이 여리다고 한 것은 바로 이를 두고 한 말인가
봅니다."

그 후 호슈는 1755년 88세의 일기로 쓰시마에서 사망했는데, 에도시대 260년간 교린의 역사를 발굴하려는 움직임이 활발해지면서 호슈의 사적이 각광받고 있고, 1984년 호슈의 고향 시가 현 다카츠키 군에서는 호슈서원을 개축하고 이름도 '동아시아 교류 하우스 아메노모리 호슈인'이라고 이름지었다고 한다.

호슈의 저서 중에 《교린제성》이라는 책이 있는데, 그곳에서 호슈는 "성신(誠信)의 교제(交際)"라는 말을 썼다고 한다. 즉 서로 기만하거나 다투지 않고 진실로 교제하는 것을 성신이라고 했다는 것이다. 바로 이 말이 한일 양국의 우호를 위한 금언이라는 것이 일본에서 교수를 하고 있는 강재언 씨의 주장이다.

오전 11시, 비가 쏟아지는 가운데, 원숭이 공원이라는 곳에서 공연을 구경했다. 훈련이 잘된 원숭이들의 공연은 웃음을 자아내게 했다.

그리고 지금도 활동하고 있는 화산인 아소산으로 향하던 중 케이블카를 타고 아소산의 분화구를 구경하는 계획은 변경되었다고 했다. 안개가 자욱하여 입장을 금지시키고 있다는 것이었다. 쿠사센리〔草千里〕 휴게소라는 곳에서 점심을 먹었다. 김치우동전골과 밥 등이 나왔다.

식사를 마친 후, 주변을 둘러보니 휴게소 도로 건너편 얼마 떨어지지 않은 곳에 작은 호수가 하나 있었다. 기생화산의 분화구라고 했다. 비가 와서 호수로 되었는데 비가 오지 않을 때는 분화구의 형태를 보여준다고 했다.

그리고 아소산을 신으로 모시는 아소산상신사(阿蘇山上神社)도 있었다. 아소산은 자욱한 안개에 젖어 있었다. 아소산 분화구를 구경하지 못한 대신 커들리 도미네이션(Cuddly domination)이라는 곰 사육장으로 관광을 가자고 했다.

통로 양쪽에 땅을 파 여러 개의 우리를 만들고 그 안에 수많은 곰들을 종류별로 분류하여 사육하고 있었다. 비가 오는데도 아랑곳하지 않고 퍼질러 누워 있기도 하고 꽥꽥 고함을 치는 녀석들도 있었다. 곰들의 공연장이 있어 잠시 구경을 했다. 곰의 목을 가죽 끈으로 묶고 온갖 공연을 시키는데 의외로 수척한 곰들을 보고 있으려니 동물학대라는 생각이 들었다.

아내와 함께 이곳저곳을 산책하다가 십이지 동물상으로 정원을 꾸며놓은 곳을 구경했다. 입구에는 커다란 종이 있었다. 아내가 힘차게 종을 쳤다. 종소리가 깊고 무거워 여운이 오랫동안 남았다. 입구 점포에서 캔맥주와 팥떡을 샀다. 일본의 떡은 무척 달았다.

다시 버스를 타고 고고노에유유테이라는 숙소로 갔다. 숙소 현관문에는 엔젤이라는 이름의 하얀 털복숭이 큰 개가 늘어져 잠을 자고 있었다. 1996년에 출생해 일본의 드라마에도 나온 개로, 관광 상품이 되어 있었다. 그 개의 새끼 개를 엔젤 주니어라고 한다는데, 에미 개 옆에서 간혹 에미를 물끄러미 쳐다보기도 했다. 지나가는 사람에게 아무런 관심도 없는지 현관 앞에 퍼질러 누워 있었다. 살이 뒤룩뒤룩 쪄 몸을 못 가누는 것 같았다.

여장을 풀고 나서 유카타를 걸치고 숙소 내 식당에서 가이세키요리라는 한 사람당 한 상씩 차려주는 일본 전통 식사를 했다. 식사를 하기 전 호텔의 사장이 식당에 와 정중하게 호텔을 찾아주셔서 감사하다는 인사를 했다.

가이드가 나누어준 코인을 들고 호텔 밖으로 나가 온천 마을 골목길을 걸어 올라가 폭포 온천탕에 코인을 넣고 들어가 온천욕을 했다. 온천욕을 하는 사람이 아무도 없었다. 천장

부근에서 10여 줄기의 온천물이 떨어지게 하고, 그 온천물을 맞으면서 목욕을 하기에 폭포 온천이라고 하는 모양이었다.

아무도 없는 어두운 폭포 온천탕에서 목욕을 마치고 호텔로 돌아갔다. 숙소는 침대가 두 개씩 설치되어 있었고 응접실 비슷하게 다다미방도 함께 만들어져 있었다. 우리는 다다미방에 모여 앉아 자판기에서 뽑아 온 캔맥주를 마시면서(일본은 자판기 왕국이라고 불러도 될 만큼 온갖 물품을 자판기로 구매할 수 있다) 깊어가는 일본의 둘째 밤을 보냈다.

26일 월요일 아침 6시 30분에 일어나 아버지를 모시고 호텔 내 온천으로 갔다. 노천탕 쪽으로 가 골목으로 돌아드니 습식 사우나가 설치되어 있었다. 습식 사우나를 구경하고 사우나 앞으로 돌아가는데 갑자기 문이 열리면서 여자가 불쑥 나왔다. 그 여자도 깜짝 놀라 황급히 문을 닫고 들어갔다. 여탕 쪽 습식 사우나인데 그곳에서 밖으로 나올 수 있게 되어 있는 모양이었다.

일본에서는 남녀가 혼욕을 하는 것을 개의치 않는다고 한다. 홍하상의 《일본 뒷골목 엿보기》라는 책에서 일본의 온천에서 힘이 빠지는 이유를 여자와 혼욕하면서 그에 익숙지 않은 우리 나라 사람들이 탕 안에서 한참동안 나오지를 못해서라더니 그럴듯한 해석이라 생각됐다.

오늘 시모노세키로 다시 돌아가기 때문인지 아버지는 어딘가로 전화를 했다. 전화를 한 후 혀를 찼다. 하루미 누나의 집으로 전화를 했더니 누나의 부모님은 모두 살아계시는데 그녀는 10년 전에 위암으로 죽었다는 소식을 들었단다. 아버지가 왔다고 하면 분명히 시모노세키 여객선 터미널로 찾아왔을 텐데, 부모들은 너무 연로하여 움직일 기력이 없어 오지도 못한다니 참으로 안됐다고 혀를 찼다. 아버지의 안타까움이 나에게도 전염됐다.

어제 식사를 했던 장소에서 일본 도시락으로 식사를 마치고 아침 9시에 다시 시모노세키를 향해 출발했다. 우리 버스가 완전히 떠날 때까지 호텔의 사장과 간부 몇 사람이 현관문에 도열하여 손을 흔들며 인사를 했다.

벳푸완로열호텔에서도 마찬가지였다. 일본 사람들은 친절이 몸에 밴 사람들이라는 생각이 들었다. 후쿠오카로 가던 중 다자이후라는 곳에 있는 덴만구〔天滿宮〕 신사를 관광했다. 무지개 돌다리 아래로 개울이 흐르고

1000년이 넘은 듯한 고목 사이로 금박을 씌운 아치가 드리워져 있었다. 그곳은 6000여 그루의 매화나무가 있는 오래된 신사다. 그곳에서 모시고 있는 신이 바로 스가와라 미치자네(菅原道眞)로서 스가와라 가문은 백제에서 일본으로 건너간 왕인박사의 자손들이라고 한다. 왕인박사처럼 스가와라 미치자네도 학문으로 명성이 높았는데, 조정에서 좌천되어 이곳 다자이후로 내려와 가난과 병고에 시달리다 죽었다고 한다.

전설에 의하면 그의 시체를 싣고 가던 우마차가 이곳을 지나면서 멈춰서 움직이지 않으므로 제자들이 그를 이곳에 매장한 후 안라쿠지(安樂寺)라는 절을 세웠고, 그게 덴만구 신사의 시초가 됐다고 한다. 이곳에 매화나무가 많이 심어진 것도 스가와라 미치자네가 매화꽃을 좋아했기 때문이라고 한다. 그는 현재 학문의 신으로 추앙받고 있고, 일본의 많은 수험생들이 입시시즌이 오면 이곳 덴만구를 방문해 합격을 기원하는 기도를 한다. 일본에 합격을 기원하면 효험을 본다는 신사가 여러 곳 있지만 그중에 가장 유명한 곳이 이곳 덴만구 신사라고 했다.

신사를 둘러보고 난 후 신사 안쪽에 있는 식당에서 점심식사를 했다. 간단한 도시락으로 점심을 먹고 신사 주변을 어슬렁거렸다. 이곳에서 얼마 떨어지지 않은 곳에 다자이후(太宰府)라는 곳이 있다. 그곳은 주춧돌만 남았는데 수미터 간격으로 주춧돌이 수백 미터나 늘어서 있다고 한다. 정식 명칭은 다자이후 세이초(太宰府政廳)로, 큰 재상이 정사를 보던 관청이라는 뜻이다. 백제의 식민지였던 규슈 지방을 다스리기 위해 백제에서 파견된 벼슬아치가 정무를 보던 곳으로 추정하고 있다. 그런 추정의 근거는 그곳에서 발견된 2미터 높이의 화강암 비석인 도도쿠고지(都督府古址)라는 비석 때문이라는데 그곳에 가 그 옛날 백제 사람들의 흔적을 살폈으면 좋으련만 여행 일정에 맞지 않아 포기했다.

다자이후, 덴만구 신사 관광을 마친 후 다시 버스에 올라 후쿠오카 시 하카다에 있는 아사히맥주 공장을 구경 갔다. 영사실에서 회사 홍보 비디오를 보았는데, 세계 각지를 돌아다녀보고 그해 가장 작황이 좋은 호프를 매입하여 맥주를 만든다고 자랑이 대단했다. 1년 매출액은 1조 1100억 엔 정도 된다고 했다.

시음장에서 맥주를 마셨다. 첫잔은 보통 맥주를 줬고 두 번째 잔부터는 흑맥주를 줬다. 공짜라면 양잿물도 먹는다는데 어이 술을 마다하랴! 보통 맥주 한 잔과 흑맥주 석 잔을 마셨다. 저녁에 배에서 마시기 위해 흑맥주 캔을 여러 개 샀다. 일본에서 먹거리를 사고 맥주를 사고 선물을 사면서 느낀 것은 생각보다 물가가 비싸지 않다는 것이다. 우리 나라와 별 차이가 없거나 싼 느낌이 들었다.

후쿠오카는 규슈 제1의 도시다. 규슈라는 섬 자체가 그 옛날에는 한반도에서 건너간 사람들이 자리를 잡았을 거라고 추정되는 곳이다. 일본 최초의 국가라고 하는 야마타이〔邪馬臺〕국이 자리한 곳이 바로 후쿠오카로서,《삼국지》위지 왜인전에 의하면 규슈에는 야마타이국, 마츠로국, 나국, 이토국 도마국, 후미국 등 약 스물한 개의 소국가가 있었다고 한다.

그러면 소국 중 일본 최초의 국가라고 불리는 야마타이국을 누가 세웠을까? 일부 주장에 의하면 한반도 진한 땅(영일만 구룡반도) 비미국의 족장이던 연오랑과 세오녀가 신라에 의해 비미국이 망하게 되자 일본으로 건너가 규슈에 히미국을 세웠고, 남편 연오랑이 사망한 후 백제계 야마도 왕이 세오

녀(일본에서는 히미코라고 하는데 그녀를 일본의 시조신인 아마테라스 오미카미라고 보는 학자들도 많다)에게 청혼하여 야마도와 히미국이 병합된 것이 바로 야마타이국이라고 한다.

그런 주장에 의하면 우리 나라 사람들이 규슈로 건너갔다는 것인데, 그래서 규슈 사람들이 좀 더 우리와 닮은 느낌이 드는 걸까? 도쿄를 관광 가서 본 일본인들보다는 확실히 규슈 쪽 사람들이 잘생기고 우리 나라 사람과 더 유사해 뭔가 종족이 다른 느낌이 드는 것은 나만의 착각은 아닐 거라는 생각이 들었다.

아시히맥주 공장의 견학을 마친 후, 후쿠오카 최대의 쇼핑몰이라는 캐널시티를 잠시 들러 주마간산 격으로 구경을 마치고 다시 시모노세키 건너편 모지 항 레토르를 찾았다. 그곳은 한때 권세를 누리던 세관이 있던 자리로서 과거에는 꽤나 영화를 누렸다고 한다. 고색창연한 옛 세관 건물을 그대로 보존하여 관광지로 가꾸어놓고 있었는데, 서양식 옛날풍의 건물 레스토랑에서 재즈풍의 트럼펫 연주곡이 흘러나와 분위기를 살리고 있었다.

가이드는 이곳에서 얼마 떨어지지 않은 후쿠오카 형무소

에서 우리 나라의 시인 윤동주님이 옥사했다고 설명했다. 다시 버스에 올라 간몬 해협 해저터널 도로를 통해 국제 여객선 터미널에 도착했다. 오후 6시에 다시 부관페리호에 승선하여 짐을 푼 다음 김치찌개에 저녁식사를 마쳤다. 저녁 7시가 되자 접안해 있던 부관페리는 밧줄을 풀고 천천히 떠났다. 길고도 굵은 뱃고동 소리를 울리면서…….

간몬 해협을 통과하여 현해탄으로 접어들었다. 잿빛 갈매기들이 부관페리 위를 날아갔다. "그래서 그들은 날마다 거기 그들의 원을 그리고 / 그래서 그들은 날마다 자기 수수께끼를 곱게 한다 / 그들이 어디서 왔는지 모르고 / 그들이 또한 어디 가는지 모른다 / 저 잿빛 갈매기 떼도 / 우리와 다른 족속은 아니다"라고 노래한 미요시 다쓰지〔三好達治〕의 시 〈잿빛 갈매기〉가 떠올랐다. 시인은 원을 그리며 날고 있는 잿빛 갈매기를 통해 인생의 참뜻을 새기고 있는 듯하다. "날마다 거기 그들 나름의 원을 그리고, 날마다 자기 수수께끼를 곱게 하는 잿빛 갈매기"는 우리들의 상징이며, 우리와 다른 족속이 아니다. 온 데와 갈 곳을 모르는 덧없는 운명에 매여 있으면서도, 운명은 저 높은 곳에서 오므로 가능한 한 아름답게

190

살려고 다짐하고 있다. 나도 그렇다.

배 난간에 서서 갈매기를 보면서 생각에 잠겨 있다가 아버지의 표정을 살폈다. 아버지는 언제 다시 이곳에 올 수 있을까 회상에 잠겨 있는 듯했다. 30여 년간 배를 타면서 수없이 들락거렸던 시모노세키 항과 모지 항의 이곳저곳에 눈길을 던지셨다.

그리고 자리를 옮겨 첫날밤 우리가 앉아서 두런두런 세상 이야기를 나눈 그 자리에서 다시 아사히맥주 공장에서 사 온 흑맥주를 마시며 점점 멀어지는 일본 땅을 바라봤다. 아버지께서 처음이자 마지막일 거라는 말씀과 함께 4일 동안이나 한방에서 아들과 잠을 자면서 여행을 했던 감회를 말씀하셨다.

어젯밤, 가을 휴가 때는 두 분 모시고 중국의 구채구로 여행 가려고 했는데 장모님께서 관절염으로 몸이 불편해서 모시고 갈 수 없겠다고 진지하게 이야기했더니, 오늘 면세점에서 장모님이 일본의 관절염 치료약을 6개월분이나 사 온 것을 화제로 한바탕 웃기도 했다. 웃는 가운데서도 서로 꺼내 아쉬움과 미련을 이야기하지 않았지만, 먼저 세상을 떠나버려 지금 이 여행을 함께 할 수 없었던 내 어머니와 장인어른에 대해서 여기 살아남은 사람들이 "세상 떠난 사람들에 대해 각자 가진 추억의 크기만큼 속으로 운다."라는 옛말처럼 속으로 울음을 감추고 있으리라 생각하니 착잡했다.

　2층에 있던 우리 여행팀 중 교수 일행들이 술이나 한잔 하자고 청해왔다. 아버지는 피곤하시다면서 먼저 잠자리에 들고 난 교수 일행에 합석하여 맥주를 마셨다. 밤은 점점 깊어 갔다. 여행객의 수심 때문인지 온 몸을 눅진눅진하게 적시듯 취기가 밀려왔다. 침상에 누워 가랑가랑하는 규칙적인 엔진 소리를 자장가 삼아 그렇게 여행을 마무리했다.

사족 1. 다카무라 고타로(高村光太郎, 1883~1956)는 진실을 다하는 태도로 생의 의식을 언어로 조각하고, 탐미적인 시풍에서 생명력이 넘치는 높은 예술적 경지에 도달하여 일본 근대 시단에 확고한 위치를 차지한 시인이며 조각가이다. 〈도정〉이라는 시는 원래 잡지에 발표될 때는 100행이 넘는 장시였으나 시집에 수록하면서 앞부분 100행 정도를 잘라내고 단 9행만 남겨 시집에 실었다.

사족 2. 미요시 다쓰지(三好達治, 1900~1964)는 일본의 전통시를 계승하면서 그 위에 보들레르와 프랑시스 잼의 영향으로 새로운 서정시를 개척하였다고 평가되는 시인이다.

感動 <ruby>감동</ruby>

"자니타와 찬찬이

해변을 거닐 때

두 사람의 가슴은

두근거렸죠."

로열팝스콘서트 단상

계미년 새해, 정월 초하루. 아마 저녁 7시 반쯤 되었던 것으로 기억된다. 별로 할 일도 없고 해서 리모컨으로 텔레비전 채널을 이리저리 돌리고 있었다. 그런데 Q채널에서 〈로열팝스콘서트〉라는 것을 방영하고 있었다.

〈로열팝스콘서트〉는 영국의 엘리자베스 여왕 취임 50주년을 맞아, 이를 축하하기 위하여 버킹검 궁 왕실 정원에 무대를 설치하고, 청중 2만여 명(희망자가 많아서 추첨을 했다고 한다!)이 참석한 가운데 주로 영국 출신의 세계적인 팝스타들이 공연을 하는 것이었다. 물론 버킹검 궁 밖에도 무려 100만 명 가량의 청중이 모여 대형 화면을 통해 공연을 보며 함께 즐기고 있었다. 로열석에는 박수를 치고 웃으며 흥겨워하는 찰스 황태자도 보이고, 윌리엄 왕자, 해리 왕자도 보였다. 언뜻 보니 토니 블레어 영국 총리와 그 부인도 있었다.

차례로 나와서 공연하는 팝스타는 음악적 상식이 부족해서 전부 알아볼 수는 없었지만, 내가 들어서 아는 팝스타만 해도 궁중 건물 안에서 피아노를 치며 노래하던 천재 엘튼 존, 기타의 신이라고 불리는 에릭 클랩튼, 아직도 정열적이며 힘찬 목소리의 주인공 톰 존스, 삽으로 모래를 퍼내는 듯 허스키한 로드 스튜어트, 항상 젊은 사내일 거라고 믿었는데 세월 앞에 장사 없다고 바싹 늙어버린 비치보이스, 오지 오스본, 아직도 쭉 빠진 날렵한 몸매를 하고 있지만 세월은 이길 수 없었는지 늙은 클리프 리처드, 〈보헤미안 랩소디〉를 부를 땐 옛날 그대로인 듯한 그룹 퀸의 브라이언 메이와 로저 테일러, 늙어도 여전히 미소년인 듯한 폴 매카트니, 가늘지만 어둠을 째는 듯한 목소리로 노랠 부르고 나서는 신나게 드럼을 두드린 필 콜린즈, 조 카커, 레이 데이비스 등 쟁

쟁한 슈퍼스타들이었다. 잘 모르는 젊은 음악인들도 다수 있었다.

그 공연은 네 시간 가량 진행되었는데, 공연 시간이 길어서인지 1월 1일에 7시부터 9시까지 2시간에 걸쳐서 1, 2부 공연을 방영하고 1월 2일에 3부와 4부 공연을 방영했다. 나는 1월 1일, 흥겹게 그 공연을 보고 1월 2일에도 바로 퇴근하여 봤다.

공연이 클라이맥스에 이를 무렵, 이름은 처음 들어보지만 에드나 에버리즈라는, 나이가 많이 든, 우리 나라로 하면 만담가라고 해야 할지 개그맨이라고 해야 할지 모를 여자가 나와 이 공연이 이곳에서 이루어진 배경을 설명했다. 그 여자 왈, 원래 그 공연은 자기 집 뒷마당에서 하자고 제의가 들어왔는데, 손바닥만한 자신의 정원에서는 도저히 할 수 없어 궁리하던 끝에 청중이 2만여 명쯤 들어와서 구경을 해도 될 만한 정원을 가진 사람이 누구인지 궁리를 해보니 영국에서는 이 집의 안주인뿐일 것 같아 이 정원에서 공연을 하게 되었다고 너스레를 떨었다.

그 순간 엘리자베스 여왕이 로열석에 나타났다. 약간은 무질서하고 혼잡하던 장내가 엄숙해지면서 모두 기립하고 열렬히 환호하며 여왕을 맞았다. 여왕께서 착석하자 중단되었던 공연이 다시 시작되어 에릭 클랩튼이 〈레일라(Layla)〉를 편곡하여 기타의 신답게 멋진 일렉트릭 기타 솜씨를 자랑하기 시작하였고, 이어 폴 매카트니의 공연이 대미를 장식했다.

그러고 나서 무대 위로 엘리자베스 여왕과 부군 에딘버러 공, 찰스 황태자, 윌리엄 왕자, 해리 왕자 등이 등단하여 전 출연진과 인사를 나누었다. 젊은 팝스타들이 갈기머리, 부분 부분 염색한 머리 등 다양한 헤어스타일과 자유분방한 옷차림으로 서 있는 가운데, 여왕은 남색 정장 차림으로 팔에 핸드백을 걸치고 우아하고 교양 있게 무대 위를 걸어가면서 출연한 가수들과 차례로 눈인사를 나누었는데, 그 광경이 아이러니하면서도 조화로웠다.

여왕의 뒤를 따라 에딘버러 공과 찰스 황태자는 주로 나이 든 가수들과 이야기도 하고 악수를 나누면서 인사를 했으며, 잘생기고 훤칠한 윌리엄 왕자 — 영국 제일의 신랑감? 아니 세계 제일의 신랑감! — 는 특히 젊은 여가수들과 악수를 나누면서 즐거워하고(바람끼 있는 것은 내림인가?) 해리 왕자는 조금 수줍은 듯, 그 분위기가 익숙지 않은 듯 저만치 떨어져 뒤따랐다.

청중들이 열렬히 환호하는 가운데 찰스 황태자가 메모지를 꺼내 들더니 인사말을 했다. 여왕 폐하의 50주년을 맞아 이렇게 성대한 공연에 참가한 가수들, BBC방송국 관계자, 엔지니어 등에게 깊은 경의를 표하면서, 특히 오늘 공연에 참가한 가수들은 대부분이 영국이 낳은 천재들이라고 극찬했다. 그리고 여왕 폐하 군림 50년 동안 태평성대가 이루어지도록 곁에서 도와오신 아버지 에딘버러 공에게 감사를 드리고, 마지막으로 어머니인 여왕 폐하께 찬사를 보냈다.

"날카롭고 위태로운 변화의 시대에, 전통과 안정을 지침으로 이 시대를 이끌어오셨다."

물론 관중들은 환호작약했다.

버킹검 궁 안과 밖의 100만 명의 관중들이 환호하는 가운데 여왕 일가는 천천히 퇴장하고, 폴 매카트니가 의미심장하게도 〈헤이 주드(Hey Jude)〉를 부르자 공연에 참여한 전 가수들과 전 청중들도 그 노래를 합창하는 가운데 화려한 불꽃놀이가 벌어지며 공연이 끝났다.

그런데 그 좋은 공연을 보고 나서 이상하게 만감이 교차했다. 그 공연을 보고 왜 영국에 아직도 시대에 뒤떨어진 듯 보이는 입헌군주제가 그대로 유지되고 있는지 해답을 얻을 수 있을 것 같았다. 또 "날카롭고 위태로운 변화의 시대에 전통과 안정을 지침으로 이 시대를 이끌어오셨다."라는 찰스 황태자의 말이 자꾸 입가에 뱅뱅 돌았다. 그리고 3일 새벽, 잠에서 깨어 이런저런 생각을 하다 보니, 생각이 그 공연 내용으로 마구 흘러갔다.

아직도 전통과 인습, 그리고 계급이라는 굴레 속에서 살고 있는 것으로 보이는 왕국, 영국에서 어떻게 하여 대중음악의 혁명가인 비틀즈나 퀸 같은 그룹뿐 아니라 엘튼 존, 에릭 클랩튼 같은 불세출의 창조적이고 상상력이 풍부한 가수들이 배출될 수 있었는지, 그리고 그런 가수를 배출하는 그 문화적 토양이 무엇인지 궁금해졌다.

비단 음악뿐이겠는가? 최근에 폭발적인 인기를 끌고, 드디어 거대 미국 자본에 의해 영화화된 《해리 포터》 시리즈는 또 어떠한가? 그 몽환적인 창의력, 상상력이 전통과 인습의 나라, 영국에서 어떻게 나올 수 있었을까!

그곳 안개 자욱한 자본주의 국가에서 자본주의의 타도를 외치는 마르크스, 엥겔스가 나왔으나 어떻게 피의 혁명 없이 (그들의 혁명은 피 흘리지 않은 혁명이어서 명예혁명이라고 하는 것일까?) 자기 개량을 이루었는지 참으로 궁금했다.

문화와 정치, 경제, 사회 각 방면의 혁명적 기운들이 영국에서 싹튼 다음, 영국에서는 충분히 순치된 후 세계 각국으로 수출되었다. 단적인 예로 안개 자욱하고 매연으로 뒤범벅된 파업의 도시(사회자 에드나 에버리즈가 폴 매카트니를 소개하면서 리버풀은 총파업을 좋아하는 도시라고 풍자하여 사람들을 웃기던데, 우리나라에서 어떤 사회자가 특정한 지역을 그런 식으로 말했다가는 아마 뼈도 못 추렸을 것이다.) 리버풀에서 결성된 비틀즈는 영국을 떠나 미국에서 거대 자본과 결합하여 음반 시장을 장악하는 등 대중음악계를 석권하고, 이어 그 음악은 온 세계를 불태웠다. 《해리 포터》 역시 마찬가지일 것이다. 미국 할리우드의 거대 자본과 결합하여 영화 시장을 석권하기에 이르렀다.

전통과 인습의 굴레에서 벗어나지 못한 까닭에 사고가 경직되어 전혀 창조력을 발휘하지 못할 것 같아도 그들은 이상하리만치 상상력과 창조력을 발휘하고, 몸집은 크나 아직도 정신적으로는 영국의 식민지가 아닌가 하는 의심이 드는 미국과 미국의 거대 자본을 숙주(宿主)로 하여 그들의 문화적 창조물을 끊임없이 전 세계로 퍼트리고 있다.

예술 혹은 문화는 그것 자체로 고귀한 자산임이 분명하다. 짧은 소견인지 모르지만, 아마 그들은 개방적인 해양민족으로서 광대한 식민지를 소유한 경험이 있었기에, 광대한 식민지 문화의 다양성을 인정하지 않고서는 거대 제국주의를 유지할 수 없다는 것을 생리적으로 깨닫고 있었기에, 식민지의 다양한 문화를 스펀지가 물을 빨아들이듯 빨아들여 소화했기에 그러한 문화 창조가 가능하지 않았을까 하는 생각이 들었다.

거기에 더하여 다양하고 이질적인 문화들이 아무렇게나 버무려져 혼란스러운 문화 양태로 드러나는 것이 아니라, 화학반응을 일으켜 새로운 문화를 창조하는 그 원동력은 영국이라는 나라와 사회에 대한 깊은 자부심에 기초한 튼튼한 토대 때문이 아닐까?

바로 그 튼튼한 토대가 찰스 황태자가 위태롭고 날카로운 변화의 시대에 전통과 안정을 지침으로 주고 있다고 당당하게 평가한 그 '여왕 중심 체제'가 아닐까!

요즘 우리 시대의 화두는 변화와 개혁이다. 신문이나 방송마다 모두 변화와 개혁을 이야기한다. 온 나라의 동서 간, 세대 간, 남북 간, 상하 간이 모두 출렁거리고 있다. 변화와 개혁만이 우리의 살 길이라고 소리 높여 외치며 변화와 개혁에 동참하지 않는 사람이나 세력, 집단은 도태되고 파멸할 것이라고 소리, 소리 외치고 있다.

특히 맨 먼저 변화와 개혁이 이루어져야 할 조직의 대표적인 것이 우리 검찰 조직이라고 하면서 마치 동네북이 된 양 두들겨 팬다. 내가 완고한 보수주의자여서 변화와 개혁을 거부하는 것이 아니다. 물론 우리 조직도 바뀌어야 한다.

얼마 전에 한나라당의 강 모 의원님께서 대통령 선거에 패한 후 한나라당 내분에 즈음하여, 인터넷 시대에 필요 없는 재산을 털어내고 당사 규모도 줄여서 풍찬노숙(風餐露宿)할 준비를 해야겠다는 말을 했다.

"우리는 그동안 너무 무거운 외투를 입고 이를 자랑하며 위용을 부린 측면이 있었다."

우리 조직에 빗대어 생각하니 그 말씀이 찌르르 가슴을 찌르는 점이 있다. 그 말씀을 타산지석으로 삼아 우리 조직도 변화와 개혁이 당연히 수반되어야 할 것이다.

그렇지만 전통과 안정, 권위를 기본 축으로 굳건히 지키면서 변화와 개혁을 추구하는 것이 더욱 우리 조직을 창조적이며 튼실한 조직으로 만들지 않을까 외람되이 생각하게 된다. 전통과 안정의 지침이 되는 세력이 바로 우리 검찰이라는 자부심까지 버려서야 되겠는가?

마지막으로 폴 매카트니가 존 레논의 아들 줄리안 레논을 위하여 작곡했다는 〈헤이 주드〉의 가사 한 토막을 실어본다.

그러니 버릴 건 버리고 받아들일 건 받아들이세요.

이봐요 주드, 당신은 함께 할 사람을 기다리고 있군요.

그 일을 해야 할 사람은 바로 자신이라는 걸 모르나요.

이봐요 주드, 당신이 할 거예요.

당신에게 필요한 행동은 당신이 해야 되잖아요.

So let it out and let it in, Hey Jude, begin

You're waiting for someone to perform with

And don't you know that

it's just you, Hey Jude, You'll do

The movement you need is on your shoulders

Da da da da da

왕의 남자

남사당패 광대는 정처없이 여기저기 떠도는 자유인들이다. 거기에 비해 조선시대 임금은 어떤 존재인가? 근엄한 유교 도덕으로 철저히 무장하고, 매일 경연을 되풀이하며, 신하로부터 끊임없이 "아니되옵니다. 통촉하여주옵소서."를 요구받는 부자유인의 대표이다. 자기 절제와 외부적인 통제로 상징되는 사람이다.

그래도 조선의 왕 중 거의 무절제하게 자유를 탐닉했던 유일한 왕이 연산군이다. 그는 갑자, 무오사화를 일으켜 수많은 선비들의 목숨을 앗아갔고 생모의 원한을 갚는다고 아버지의 후궁들을 죽이고 할머니인 인수대비까지 죽게 만들었다. 그런 자유인들과 부자유인의 사랑과 증오, 갈등, 음모를 그린 영화 〈왕의 남자〉를 광주지검의 이영훈 수사관이 '자유발언대'에서 적극 권유했기에 1월 3일 저녁 8시 반 종로3가에 있는 서울극장에서 봤다.

매진이었다. 이 영화를 본 뒤 흥행에 성공할 것 같은 느낌이 들었다. 영화의 줄거리는 이렇다.

남사당패 광대로 남성적 카리스마를 갖춘 장생과 남자이면서도 여자보다도 더욱 고혹적이어서 항상 놀이마당에서 여자 역할을 하는 공길은 어느 대갓집 마당에서 공연을 벌인다. 구경꾼들이 박장대소하는 질펀한 공연인데, 그들은 힘 있는 양반들에게 농락당하는 현실에서 벗어나고자 낫으로 남사당패 우두머리(꼭두쇠)의 등을 찍고 그들이 속한 남사당패에서 도망친다.

한양으로 도망친 그들은 저잣거리에서 광대짓을 하고 있던 육갑이, 칠득이, 팔복이(육칠팔 패거리)를 만나 덤블링의 일종이라고 할 살판 실력을 겨루고, 이윽고 그들로부터 인정받아 장생은 형님 대접을 받는다.

그들은 큰판을 벌여서 돈을 벌어보겠다고 여기저기 저잣거리를 떠돌며, 당시 시정잡배들에게서까지 놀림과 풍자의 대상이 되고 있던 왕(연산)과 애첩 장녹수를 조롱하는 놀이판을 벌인다.

그들의 공연은 크게 성공하지만 왕을 능멸했다고 의금부로 압송되어 형틀에 묶여 곤장을 맞기에 이르는데, 장생은 왕을 웃겨주면 되지 않느냐고 대담한 제의를 한다. 그 제의를 들은 내시 처선은 만약 왕을 웃기지 못한다면 죽음을 각오하라고 겁을 주고 그들을 궁중으로 데리고 간다.

궁중에서 만조백관이 시립하여 구경하는 가운데 죽느냐 사느냐 하는 위기 속에서 장생, 공길, 그리고 육칠팔 패거리는 공연을 시작하지만 왕이 보는 가운데 공연을 하다 보니 죽을 쑤고 만다. 그러나 공길의 재치있는 행동으로 왕이 파안대소하는 바람에 다행히 목숨을 부지하고 궁궐 내에 희락원이라는 처소에 머물게 된다.

신바람이 난 그들은 탐관오리의 비리를 풍자하는 공연을 벌여 피바람을 일으키기도 하고, 의도적으로 후궁들의 암투에 의해 왕비가 사약을 받기에 이르렀다는 중국의 《패왕별희》풍의 경극을 공연하기도 한다. 그런데 그 경극을 보던 왕은 생모가 폐비가 되어 사약을 받고 죽은 일을 상기하고는, 공연을 함께 보던 아버지의 후궁들을 칼로 무참히 찔러 죽이고 할머니인 인수대비를 죽게 만든다.

그리고 왕의 공길에 대한 관심의 고조는 광대로서 관심이 아니라 왕의 남자로서 성적인 관심의 대상이 되나, 그로 인해 왕의 사랑을 독차지하고 있는 애첩 장녹수와 갈등관계에 놓인다.

공연을 할 때마다 궁궐이 피바다가 되니 장생은 궁궐 생활에 흥미를 잃고 있는데 공길이 자꾸 왕에게 불려가는 것까지 보게 되니 공길에게 궁궐을 떠나자고 한다. 그러나 공길은 선뜻 떠나지 못하고, 오히려 임금은 공길에게 정4품의 벼슬을 내리고 대왕대비의 국상 중임에도 잔치를 벌이라고 명한다.

그러나 국상 중이므로 잔치는 불가하다는 신하들의 요청을 받아들여 궁궐 후원에서 사냥놀이를 하기로 한다. 원숭이, 멧돼지, 사슴 등의 복장을 한 장생 무리의 광대들을 사냥감으로 해서 솜뭉치를 붙인 화살을 쏜다.

그런데 어느 순간, 신하들 중에 일부가 공길로 대표되는 광대들 때문에 신하들이 죽어나가고 있다고 판단하여 공길을 향해 진짜 화살을 쏜다. 위험에 처한 공길을 장생이 구하고, 육갑이가 공길을 대신하여 화살을 맞고 죽는다. 왕은 신하들이 광대들을 향해 진짜 화살을 쏘는 것을 보고 대노하여 공길을 향해 활을 쏜 금부도사(왕의 생모에게 사약을 전했던 금부도사였음)를 쏘아 죽인다.

한편 공길 때문에 왕으로부터 신임과 사랑을 빼앗길 처지에 놓인 장녹수는 질투심에 휩싸여 공길의 필적을 흉내내서 왕을 비방하는 벽보를 한양 거리에 붙이고, 그 벽보를 공길이 붙인 것이라고 모함한다. 왕도 공길의 소행이라고 의심하자, 장생이 공길은 자신에게 언문을 배워 자기 글씨체와 같다고 하면서 그 벽서는 자신이 쓴 것이라고 거짓 자백하여 달구어진 인두에 양 눈이 먼 맹인이 된다.

마지막 놀이판으로 왕과 장녹수, 그리고 공길이 보고 있는 가운데 옥에서 끌려나온 장생은 힘들게 외줄을 타면서 왕을 풍자하고 조롱하면서 외줄타기를 한다. 그것을 보고 있던 공길도 줄 위에 올라가 장생과 함께 줄을 타면서 세상을 조롱하고 풍자하는 마지막 공연을 한다.

그들이 마지막 공연을 하고 있을 때 중종반정이 일어나 궁궐 내로 많은 병사들이 소리를 지르며 진입하는 순간, 장생과 공길은 함께 줄에서 높이 뛰어오르는 것으로 화면은 정지된다. 이윽고 화면이 바뀌어 야산에서 장생과 공길, 육갑이, 칠득이, 팔복이 등 수많은 광대들이 풍악을 울리면서 함께 춤을 추고 가는 장면으로 영화는 끝이 난다.

이 영화는 2000년도에 연극협회로부터 올해의 연극상, 2001년도에 동아연극상 작품상, 연기상 등을 받아 작품성과 흥행성을 인정받은 〈이(爾)〉(왕이 신하를 높여서 부를 때 '이'라 한다고 한다)라는 연극을 개작한 것이다.

연산군일기에 있는 "공길이라는 광대가 왕에게 '임금은 임금다워야 하고, 신하는 신하다워야 하고, 아비는 아비다워야 하고, 자식은 자식다워야 한다. 임금이 임금답지 않으니 비록 곡식이 있은들 먹을 수 있으랴.'라는 말을 하였다가 참형당했다."라는 한 구절에 의해 공길이라는 인물이 되살려졌다고 한다.

연극에서는 장생이라는 인물이 아닌 연산군과 공길이 주

인공이라는데, 영화에서는 장생이 의미 있는 인물로 등장한다. 〈황산벌〉을 감독했던 이준익이 감독이고, 촬영감독은 지길웅이다. 장생 역은 감우성, 공길 역은 신인배우인 이준기, 연산군 역은 정진영 그리고 장녹수 역은 강성연이 맡았다. 이들 네 사람의 연기는 모두 탁월하다. 특히 나는 정신적으로 황폐해진 사람, 편집광적인 연산군 역을 실감나게 표현한 정진영의 연기가 가장 뛰어났다고 생각한다.

이 영화는 처음에 너무 재미있어 객석이 웃음바다가 되었다. 나도 너무 재미있어서 많이 웃었다. 그런데 뒤로 갈수록 영화는 점점 심각해진다. 많은 것을 생각하게 하기 때문이다. 간혹 객석에서 훌쩍이는 소리도 들렸다.

이 작품은 여러 가지 측면에서 감상할 수 있다. 공길을 사이에 둔 연산군과 장생의 삼각관계 측면에서 볼 수도 있고, 앞서 얘기한 대로 자유인 장생, 공길 등의 광대와 부자유인 연산을 비롯한 고관대작들을 대비하여 볼 수도 있다. 특히 부자유인이었던 연산이 자유인이 되고자 광대들과 함께 한판 춤을 추기도 하고, 북 가죽이 늘어지도록 북을 치기도 하는 장면에서는 자유를 지향하고자 했던 연산의 불타는 행동을 보여주고 있기에, 연산이 주인공이라는 해석도 가능하다.

아버지 선왕에 대한 콤플렉스에 젖은 연산은 신하들이 선왕 이야기만 하면 신경질적인 반응을 보이거나 적대감을 드러내는 반면 생모에 대해서는 집착을 드러낸다. 정말 불쌍한 인간이 연산이다. 그는 절대 권력자이지만 절대 우월한 자이거나 배운 자, 가진 자는 아니다. "관용이란 우월한 자의 특권"이라고 묘파한 사람이 《로마인 이야기》에서 율리우스 케사르를 두고 평했던 시오노 나나미였다. 그러나 연산은 관용이란 눈꼽만큼도 없다. 따라서 나나미의 평에 의하면 연산은 나약하기 짝이 없고, 콤플렉스에 찌든 어리석은 자이다. 지도자로서 자격이 없는 자인 것이다. 그런 연산을 풍자하고, 꾸짖고, 놀려먹는 광대들의 이야기를 거침없이 이야기한 이 영화감독의 시선은 나약하고 헛된 권위를 해체하고 진정 승인할 만한 권위를 내세우고자 이 영화를 만들었는지도 모르겠다. 또 이 영화는 절대 권력자의 역린을 건드릴 때는 죽음을 각오해야 한다는 것을 가르쳐주기도 한다.

"맹인이 아닐 때는 맹인 흉내를 내면서 놀았는데, 막상 진짜 맹인이 되니 발아래가 허공이어서 맹인놀이를 헐 수 없다."라는 장생의 한탄을 듣고 있노라니 무슨 까닭인지 맹인이 아니면서도 맹인 행세를 하고 다닌 검객을 그린 기타노 다케시〔北野武〕 감독의 〈자토이치〉라는 일본 영화의 한 장면이 오버랩됐다. 자토이치가 마지막으로 승부를 겨룰 때 상대가 "왜 그동안 장님 행세를 했느냐?"라고 질문하자 "눈을 감아야 상대의 마음을 잘 볼 수 있기 때문"이라고 답변하고 상대의 눈을 베어 장님을 만들어버린다! 아마 진짜 맹인이 되어 상대의 심안을 읽으라는 뜻이 아니었을까 싶다.

장생과 공길이 인정전 앞에서 마지막 줄타기 공연을 벌이는 것이 묘한 느낌을 주었다. 그들이 공연하고 있는 뒤편에 인정전의 현판이 선명하게 드러나도록 촬영한 것은 연산의 폭정에 대비해 볼 때, 아이러니와 부조리를 보여주고자 했던 것이 아닐까 생각됐다.

전에 그리스를 여행했을 때 아테네의 어느 호텔 도어맨이 나에게 "〈똥개〉와 〈사마리아〉와 〈올드 보이〉는 굿 필름"이라고 했다. 이제 영화나 연극, 소설과 같은 문화 브랜드 파워가 우리의 힘을 과시하는 척도가 되고 있다. 〈왕의 남자〉를 보면서 우리 영화의 소재의 다양성을 다시 확인했고, 앞으로도 우리 영화는 충분히 발전할 수 있으며, 우리 나라의 브랜드 파워를 높일 수 있다는 생각을 했다. 이 좋은 영화를 보게 해 준 이영훈 수사관님이 고맙게 생각됐다.

사족 1. 왕의 침전 구석에 검 하나가 칼걸이에 걸려 있었다. 과연 우리 나라 임금의 침전 안에 칼을 비치하고 있었을까? 문치국가이던 조선조 임금 침전에는 칼을 비치하고 있을 수 없었을 것 같은데, 왜 그 소품을 썼을까? 연산의 흉포함을 강조하기 위해서였을까? 아니면 일본 사무라이 영화에 감염되어서일까?

사족 2. 마지막 장면에서 광대들이 춤을 추며 농악을 울리고 오는 장면이 있는데, 연산도, 녹수도 함께 오고 있었으면 더 좋지 않았을까 싶었다. 내 옆자리에서 영화를 보던 마누라는 그 장면은 없는 것이 더 나았다고 평하기도 했다.

남사당패 광대는

정처없이 여기저기 떠도는

자유인들이다.

남전산에서 어느 날, 동당(東堂)과 서당(西堂)의 중들이 고양이 새끼를 두고 오랫동안의 숙제처럼 말싸움을 하고 있었다. 고양이에게 불성이 있느냐를 가지고 다투었던 듯하다. 남전화상(南泉和尙)이 중들의 소동을 보다 못해 한 손에는 칼을 들고 한 손에는 고양이 새끼를 번쩍 집어들며 말했다.

"누구든 한마디 해보라. 그러면 살려주겠다만 그러지 못하면 단칼에 베어버리겠다!"

그러나 누구 하나 대답하는 중이 없었다. 그러자 남전화상은 고양이 새끼를 칼로 두 토막 내고 말았다. 출타 중이어서 그 고양이 새끼 소동 때 자리에 없었던 제자 조주(趙州)가 저녁에 돌아왔다. 남전화상은 낮에 있었던 이야기를 들려주며 조주에게 물었다.

"너 같으면 어떻게 말했겠느냐?"

그러자 조주는 말없이 짚신을 벗어 머리 위에 얹고는 나가버렸다. 그것을 본 남전이 중얼거렸다.

"네가 그 자리에 있었다면 고양이 새끼를 구할 수도 있었을 텐데……."

〈벽암록(碧巖錄)〉의 일부분이다. 조주가 신체 가운데 가장 중요하고 깨끗이 하는 머리 위에 더러운 짚신을 올린 뜻이 무엇이었을까? 고양이에게 불성이 있느냐 없느냐 하는 말싸움같이 하찮은 일을 중하디 중한 고양이의 생명 위에 올려 고양이의 생명을 빼앗은 스승의 소위(所爲)는 머리 위에 짚신을 올려놓는 것과 같은 행동이라는 무언의 대답이 아니었을까?

오마라 포르투운도 그리고
⟨부에나비스타 소셜클럽⟩

난 알토 세트로에서 마카네로 가고 있네

쿠에토를 거쳐 마야리로 가야지

당신에 대한 사랑은 감출 수 없어

당신을 원할 뿐 아무것도 할 수 없어요

자니타와 찬찬이 해변을 거닐 때

두 사람의 가슴은 두근거렸죠

나뭇잎을 치워줘요, 거기 앉고 싶어요

바다를 바라보며 당신 곁에 있겠어요

빔 벤더스 감독의 다큐멘터리 음악 영화 〈부에나비스타 소셜클럽〉의 도입부에 나오는 〈찬찬(Chan Chan)〉이라는 곡의 가사이다. 타악기와 기타 음이 절묘하게 조화를 이루다가 끝 모를 정도로 깊은, 어두운 공간을 찢는 듯한 트럼펫 소리가 가슴을 후벼판다.

나는 이 〈찬찬〉이라는 곡과 〈20년(Veinte Anos)〉이라는 곡을 컴퓨터 즐겨찾기에 실어두고 자주 듣고 있다.

〈부에나비스타 소셜클럽〉은 '환영받는 사교클럽'이라는 뜻을 가진 쿠바 아바나에 위치한 클럽의 이름이다. 그곳은 카스트로에 의한 1959년 쿠바 혁명 이전, 쿠바 음악의 최전 성기를 함께 한 곳이다.

영화 〈대부〉 2편에서 쿠바로 진출한 돈콜레오네 패밀리의 새로운 대부 알 파치노가 아바나에서 벌이던 비즈니스를 기억할 것이다. 기름기 흐르는 미국식 자본주의와 재즈, 환락이 어우러지던 혁명 전야의 아바나를 거기서 볼 수 있었다.

바티스타 정부의 비호를 받는 서구 각국의 자본이 고수익을 낳는 사탕수수 재배와 고급 시가 생산을 위해 몰려들면서 클럽과 같은 사교장이 번성하였고, 그곳에 쿠바 최고의 뮤지

션들이 모여 음악을 연주하고 노래했다.

그런 쿠바의 음악은 카스트로와 체 게바라가 주도한 혁명이 가져온 폭풍 앞에 숨을 죽였고, 부에나비스타 소셜클럽을 비롯한 여러 클럽들이 썰물처럼 빠져나간 백인 손님들의 공백을 메우지 못하고 문을 닫게 되었다. 물론 그곳에서 연주하고 노래하던 음악인들도 갈 곳을 잃고 뿔뿔이 흩어져 사람들의 기억에서 사라져갔다. 이렇게 하여 쿠바 음악의 황금기는 막을 내렸다.

그러나 그들의 음악은 혁명의 후유증으로 피폐해진 거리를, 시가 연기 자욱한 허름한 도시 한 모퉁이에 웅크리고 있는 어디로 갈지 모르는 사람들의 영혼을 구슬픈 선율로 달래줬다. 낮에는 이발소에서 일하고 밤에는 클럽에서 노래를 불렀던 콤파이 세쿤도, 천재적인 피아니스트 루벤 곤잘레스, 구두를 닦다가 발견되어 클럽으로 끌려와 노래를 부르게 된 검게 그을린 이브라힘 페레르, 카바레 댄서로 출발하여 가수가 되었다가 혁명이 소용돌이 치고 있는 쿠바로 돌아가 사탕수수를 수확하는 일꾼들을 독려하기 위해 들판에서 노래를 불렀다던 오마라 포르투온도……. 세월이 흘러가면서 고단

한 세월의 흔적은 주름이 되어 그들의 얼굴에 상흔처럼 각인되었다.

그렇게 살던 그들이 1996년 미국의 연주가이자 영화음악 작곡가 겸 프로듀서인 라이 쿠더에 의해 재발견되고, 빔 벤더스 감독에 의해 세계음악 세계로 다시 끌어올려져 공연하기까지의 과정과 실제 공연 모습이 〈부에나비스타 소셜클럽〉이라는 영화로 제작되어 세계를 강타했다. 그들의 음반은 수백만 장이 팔린 초대형 히트작이 되었다. 나는 그들을 영화로 처음 접하고 때론 전율을, 때론 알 수 없는 흥겨움과 쾌활함을, 때론 쓸쓸함과 서글픔을 느꼈다. 그리고 그들의 CD 음반을 자주 들으면서 쿠바 음악에 익숙하게 됐다.

쿠바라는 뜻 자체가 중간지대를 의미하는 쿠바나칸에서 유래했다고 한다. 스페인에서 남미로 가는 중간 기착지로서 풍부한 문물이 모여들고 다양한 인종과 문화가 섞였다. 그 결과 흑인 노예들의 강렬한 리듬과 스페인의 선율이 만나 독특한 쿠바만의 퓨전 음악이 형성된 것이다. 그러나 음악의 보물창고였던 쿠바 음악은 카스트로 정권하에서 서방과 담을 쌓았던 문화장벽으로 인해 아이러니하게도 순수하고 열정이 넘치며 질박한 음악으로 남게 됐다.

심금을 울리던 클럽 멤버들 중 이제는 콤파이 세쿤도도, 이브라힘 페레르도, 루벤 곤잘레스도 저세상 사람이 되어 사실상 부에나비스타 소셜클럽은 사라졌다고 해도 무방할 것이다. 그들은 사라지고 귓전에 출렁거리던 그들의 음악만 남은 것은 어쩌면 우리의 인생처럼 허망한 건지도 모른다는 생각이 들었다.

영화 속에서 무시로 보듯 쿠바 아바나에 만들어진 긴 말레콘이라는 이름의 방파제 옆 도로로 구식 낡은 승용차가 지나갈 때 카리브 해의 거대한 파도가 삼킬 듯 말레콘을 훌쩍 뛰어넘어 하얀 포말을 퍼붓는다. 자동차가 바닷물을 뒤집어썼는데도 아무 일 없었다는 듯 유유히 달려가는 그 모습은 그래도 우리네 삶은 흘러간다는 뜻을 은유하고 있는 것이 아닐까 간혹 생각했을 뿐 나에게 영화는 기억 저편으로 점차 멀어지고 있었다. 그런데 그들의 모습과 음악을 되새김질하게 되는 일이 생겼다.

지난 4월 중순, 상자가 하나 집으로 배달되었다고 연락이 왔다. 보낸 사람은 서경아라는 여자 분인데, 상자 안에는

2007년 5월 1일 예술의전당 콘서트홀에서 열리는 부에나비스타 소셜클럽의 오마라 포르투운도의 내한 공연 티켓 두 장과 최미선 씨의 쿠바 여행기, 화가 김병종 씨의 《라틴화첩기행》에 실린 글, 부에나비스타 소셜클럽 음반 CD, 그리고 오마라 포르투운도가 공연한다는 뉴스를 접하고 그런 공연은 내가 좋아할 듯 싶어 표를 구해서 보낸다는, 이 공연 티켓을 보내게 된 경위를 적은 간단한 편지 한 통이 들어 있다고 했다.

그 티켓 때문에 봄 휴가 날짜도 5월 1일에 맞추어 공연을 기다렸다. 5월 1일 6시 30분, 예술의전당 콘서트홀에 일찌감치 도착해 기획사에서 제공하는 레드와인 한잔을 받아 마시고 오마라 포르투운도의 CD도 한 장 샀다.

지정석에 몸을 파묻듯 앉아 그녀가 나타나기를 기다렸다. 바이올린을 연주하는 젊고 아름답고 까무잡잡해 육감적인 젊은 여인, 머리카락을 완전히 밀어버린 살이 제법 오른 트럼펫 연주자, 키가 작달막하지만 땅땅하고 짓궂게 생긴 피아니스트, 키가 훌쩍 큰 기타리스트, 가장 나이가 들어 완숙미가 넘치는 첼로 연주자가 차례로 등장하고 이윽고 오마라가 느린 걸음으로 우아하게 길게 늘어진 하얀 의상을 입고 무대로 등장했다.

　그들은 대부분 검정색 계통의 의상을 입었는데 오마라는 하얀 의상을 입어 조명에 따라 분홍빛이 감돌기도 하는 등 더욱 돋보이게 했다. 그리고 경쾌한 곡에서부터 발라드풍의 느린 음악, 흥을 돋워 함께 모두 일어나 춤을 추게 하는 인생의 기쁨을 노래하는 곡, 그리고 또 애절하게 호소하는 사랑과 이별의 노래를 교차시키면서 불렀다. 때로 그녀는 마이크를 가슴에 품어 안고 갈구하듯 노래를 부르는데, 그 음색은 깊은 연륜에서 우러나오는 애환 어린 인생이 담겨 있기도 했다. 그리고 어떤 때는 관객들의 호응을 유도하는 자연스러운 제스처로 분위기를 달구는가 하면, 이미 세상 버린 멤버들을 회고하면서 노래를 부르기도 했다.

　그녀가 노래를 부르면서 세션맨들 하나하나의 연주를 적절하게 배치하여 그들의 현란한 연주 솜씨를 드러내기도 했다. 특히 피아니스트는 흥에 겨워 의자에서 일어나 손가락이 보이지 않을 정도로 빠른 연주로 관객들을 경탄케 했다. 트럼펫 연주자는 때론 어루만지듯 부드러운 소리를 귓전에 스며들게 하다가, 때론 무대 천장, 공연 안내 현수막을 찢을 듯 강한 소리로 청중들의 피를 고동치게 했다. 다른 연주자들도 모두 마찬가지였다. 관객들은 그녀가 흥겨운 음악을 시작하면 자연스럽게 모두 일어나 박자에 맞추어 박수를 치면서 몸을 가볍게 흔들었다.

공연 중반쯤에 오마라가 퇴장하고, 세션맨들끼리 연주하는 순서를 마련했다. 멋지게 앙상블을 이뤄 연주를 마치자 오마라가 다시 등장했는데, 한복을 곱게 차려입고 나왔다. 그리고 우리 민요 〈아리랑〉을 불렀다. 가사를 정확히 발음하는 것으로 봐서 상당한 정도 연습을 했구나 싶었고, 스페인의 식민지로서 아프리카 노예들의 눈물과 애환으로 점철된 쿠바의 역사를 생각하고 그녀의 노래를 들으니 깊은 맛을 느낄 수 있었다. 공연 안내 팸플릿에 그녀는 2005년에 연세대 강당에서 공연을 한 적이 있는데, 다음에 기회가 되면 한복을 입고 〈아리랑〉을 부르고 싶다고 했다 하더니, 그 약속을 지킨 것처럼 보였다.

멕시코 이민 노동자들로, 애니깽 농장에서 노동력을 착취당하던 이민 1세대 조선인들이 쿠바의 사탕수수 농장으로

224

흘러들어갔다는 글을 읽은 적 있는데, 그들이 고향 생각이 날 때면 저렇게 〈아리랑〉을 불렀겠구나 싶은 생각이 들어 애잔해졌다.

흥겨운 곡이 나올 때 몇몇 외국인들은 좌석 사이 통로에서 자연스럽게 춤을 췄고, 공연기획사에서 기획한 일이었겠지만 젊은 남녀 두 사람이 무대 바로 앞에서 살사 춤을 자연스럽게 췄다. 그중 젊은 남자는 오마라가 올라오라고 손짓을 하자 무대로 올라가 그녀와 가볍게 춤을 추기도 했다.

후반 공연은 연령이 77세인 오마라의 건강이 걱정스러울 정도였지만, 전혀 기죽지 않은 목소리로 객석을 휘어잡는 카리스마로 자유자재로 노랠 불렀다. 물론 말을 할 때는 약간 목소리가 쉰 듯했지만 그런 면에서 더욱 관록이 묻어나는 것 같았다.

후반에는 거의 서서 공연을 봤다. 뒷좌석에 앉아 있던 사람들은 통로 앞으로 걸어 나와 리듬을 타면서 몸을 흔들고 박수를 쳤다. 두 차례의 앵콜이 이어지다가 마지막으로 피아니스트와 단둘이 나와 〈베사메무초〉를 느리게 편곡하여 드럼 등 타악기가 놓여 있는 조금 높은 계단에 편하게 앉아 마치 공연으로 기운이 탈진한 듯, 객석을 향해 애절한 목소리를 흘려보내듯, 읊조리듯 노래했다.

그리고 퇴장했다. 박수가 계속되는데도 더 이상 나오지 않았다. 아쉽게도 1시간 50분 가량의 공연이 막을 내렸다. 홀에 조명이 들어오고 텅 빈 무대 위가 일순 적막해 보였다. 77세나 된, 저 할머니 가수의 공연을 다시 들을 수 있을까 생각하니 아득해졌다. 천천히 홀을 빠져나와 주최 측에서 제공하는 붉은 장미 두 송이를 받아 들고 가슴 울렁이게 하는 밤, 쓸쓸함과 애상이 교차하는 밤을 보냈다.

물론 잠자리에서까지 영화 속에서 아쿠스틱 기타와 타악기 소리에 맞춰 콤파이 세쿤도와 오마라 포르투운도가 부른 〈20년〉의 노랫가락 — 변하는 것이 어찌 남녀 간의 사랑뿐이겠는가?—이 등 뒤에 노을처럼 깔리면서 짤랑거렸다.

당신의 사랑이 식어버렸다면
내 맘이 무슨 상관인가요
지난날의 사랑은 잊어야 해요
한때 난 당신 인생의 전부였는데

이제 과거의 사람이 되어버리다니

그때 모든 게 우리의 뜻대로 됐더라면

당신은 20년 전처럼 날 사랑하고 있겠지요

이젠 슬픈 마음으로 바라만 봐요

사라져가는 사랑, 찢겨진 우리의 영혼.

열라 인생아

초판 1쇄 인쇄 2007년 6월 29일
초판 1쇄 발행 2007년 7월 6일

지은이 | 강영권
펴낸이 | 이범상
펴낸곳 | (주)비전비엔피 · 비전코리아

기획 편집 | 박창석 윤수진
외주 진행 | 김정연
디자인 | 미담
영업 관리 | 박석형 한상철 이미자

주 소 | 121-865 서울시 마포구 연남동 224-57 2층
전 화 | 02)338-2411 | 팩스 02)338-2413
이메일 | ekwjd11@chol.com/visioncorea@naver.com
블로그 | http://blog.naver.com/visioncorea

등록번호 | 제1-3018호

ISBN 978-89-87224-78-7 03810

값은 뒤표지에 있습니다.
잘못된 책은 구입하신 서점에서 바꿔드립니다.